重生

成为勇者的7大训示

臆病な僕でも勇者になれた七つの教え

[日] 旺季静 著
杜红 译

北京时代华文书局

图书在版编目（CIP）数据

重生：成为勇者的 7 大训示 /（日）旺季静著 ; 杜红译. -- 北京 : 北京时代华文书局, 2018.9
ISBN 978-7-5699-2303-2

Ⅰ. ①重… Ⅱ. ①旺… ②杜… Ⅲ. ①长篇小说－日本－现代 Ⅳ. ① I313.45

中国版本图书馆 CIP 数据核字（2018）第 055836 号

OKUBYO NA BOKU DEMO YUSHA NI NARETA NANATSU NO OSHIE
BY SHIZUKA OUKI

北京市版权著作权合同登记号　字：01-2016-9136

重生：成为勇者的 7 大训示

CHONGSHENG:CHENGWEI YONGZHE DE QI DA XUNSHI

著　　者 | [日] 旺季静
译　　者 | 杜　红

出 版 人 | 王训海
策划编辑 | 胡俊生
责任编辑 | 张彦翔
装帧设计 | 程　慧　王艾迪
责任印制 | 刘　银

出版发行 | 北京时代华文书局 http://www.bjsdsj.com.cn
北京市东城区安定门外大街 136 号皇城国际大厦 A 座 8 楼
邮编：100011　电话：010－64267955　64267677
印　　刷 | 三河市兴博印务有限公司　0316-5166530
（如发现印装质量问题，请与印刷厂联系调换）
开　　本 | 710mm×1000mm　1/16　印　张 | 13.5　字　数 | 155 千字
版　　次 | 2018 年 9 月第 1 版　印　次 | 2018 年 9 月第 1 次印刷
书　　号 | ISBN 978-7-5699-2303-2
定　　价 | 39.80 元

出场人物

煌：12岁，家住神奈川县叶山町的小学六年级学生。父亲是服役于美国海军的美国人，母亲是日本人。因为天生一头蓝色头发的特异体质，父母离婚了。煌与母亲两人相依为命，生活困苦，内心有着严重的创伤，认为自己是“怪物”。

利久：12岁，煌的同班同学。热爱棒球，未来的梦想是成为职业棒球选手。在少年棒球联盟[1]中身穿4号棒球服，是王牌投手。出生于医学世家，家中经营私人医院，生活富裕，容姿端丽，是同学们公认的校草级人物。但由于常被拿来与立志成为医生的哥哥作比较，长期生活在哥哥阴影下而心生自卑、痛苦不已。

老师：圣柜所藏身的神秘森林的引路人。外貌虽然是一只青蛙，但其实是一位拥有深远智慧、开朗纯真的智者。操着一口流利的德岛县[2]方言。教导煌和利久如何才能成为勇敢者，是二人的导师。

---

[1] 日本少年棒球联盟，9-12岁少年参赛的棒球运动组织。比赛采取六局制，使用小型硬球等，按少年规则进行。总部设在美国，每年举行世界大赛。

[2] 德岛县，位于日本四国地区东部。

艾丽卡：15岁。家住纽约的女中学生。出生于意大利，是拥有一头褐色头发和黑色双眸的美人。擅长物理和经济，是创造发明的天才，发明了可通过照片图像分析事物成分的飞行器。出生于世代经营家族产业的名门，但家道中落，经历了一段辛酸的成长史。

塔马斯：掌握全世界财富的罪恶财阀集团的爪牙，因行事残忍冷酷而被称为“黑暗将军”。他知道只要得到圣柜就能支配全世界，因此率领人造蜥蜴大军，欲从煌和利久手中夺走灵石。

小鸢：煌的爱犬，金毛寻回犬。唯一能让煌敞开心扉的朋友。

花梨：37岁，煌的母亲。因为煌的蓝色头发而离婚了，与娘家也断绝了来往，竭尽全力独自抚养煌的单亲妈妈。常常担心煌是否过得开心。在一所接收不愿上学读书的孩子的自由学校工作，但由于自由学校经营困难而失业了，连煌的午餐费都付不起，生活困苦。

爸爸：煌的父亲。供职于美国海军，被派遣到日本横须贺基地服役。无法接受煌的蓝色头发，说他是“怪物”。深爱花梨却与她离了婚，现已不知去向。

目　录

序章

传说在万千海洋的尽头有一片“黑海”。

“黑海”，是否真的是一片漆黑呢?

妈妈花梨正给自己染着头发，看着淡蓝色的地砖上细细流动的墨黑色的水，煌沉默地思考着。

第一次听说“黑海”，是在不久前的社会学课堂上。

“位于欧洲与亚洲之间哟。虽然看上去像是一片湖，但它通过海峡与大海相连，确实是海水。”老师这样说道。

那片海是黑色的吗?

在那片黑海中，也和叶山的蓝色大海一样，住着五颜六色的鱼、美味的裙带菜和一脚踩上去痛得不得了的海胆吗?

每天远眺着黑色的海洋是一种什么样的心情啊?

煌的脑海中接二连三地浮现出各种各样的疑问，但无论如何也做不到开口向老师提问。

哪怕脑中只是闪过“举起手提问”的念头也会让他惶恐不安。这样的做法简直就是自杀。

从懂事开始，煌就学会了凡事以不惹人注目为准则，尽量保持“普通”，一直以来都以此作为自己生命中最高的使命。

妈妈把他的头发染成黑色，也是为了让他成为“普通”人。每周一次的这一天，煌把它称作“黑暗日”。

“煌蓝色的头发和眼睛都是大海送你的礼物欸。”

很久很久以前妈妈曾这样说着并亲吻煌的头发。

从什么时候开始的呢？煌的头发和眼睛，不，准确地说是头发的颜色简直就像“不祥之兆”一般，成了不应该存在的东西，这是从何时开始的呢？

煌的头发和眼睛是湛蓝的，就像火热夏季里蓝色的天空反射在南国清澈而碧蓝的大海上时呈现出的鲜明强烈的蓝色。真希望这蓝色没生长在煌的头上。

煌出生时，看到他遗传了同样拥有一对蓝眼睛的白人爸爸的蓝色瞳孔，妈妈爸爸都高兴极了。

可是没过多久，煌的头上渐渐长出了蓝色的头发，所有人都震惊了。

“再过一阵，就会变成跟你一样的金发吧。”妈妈曾这样安慰爸爸。但等到小煌东倒西歪地蹒跚学步时，不仅没见到金发的踪影，头发反而变得越来越蓝，妈妈终于还是决定带着小煌去医院。

父亲是美国海军的军人，所以煌在父亲服役的横须贺基地里的美军医院接受了彻底的检查。

第一次看到无机质检验器械时的恐惧、比自己手臂还粗的注射器、以及妈妈把自己抱给护士时不安的眼神等，这些片断与自己的声嘶力竭的哭喊声相互交叠，这便是煌对自己人生的最初记忆。

检查结果一切正常。蓝色头发的原因，不明。

煌5岁时——

那时一家还生活在一幢面朝大海、能看见富士山的多层洋房里。这里是神奈川县的三浦郡叶山町，到横须贺基地只有30分钟车程，很多美国海军军人选择住在这里。

小煌家的洋房里有院子，妈妈饶有兴致地打理着自己的西洋园艺。由白色木栅栏围起来的小院里，四季轮转，鲜花盛开，香草和花木都释放着沁人的馨香。

在向阳采光通透的客厅里，最适合午休小憩的舒服的沙发上，静静地躺着软绵绵的靠枕。屋子里正放着夏威夷音乐。

和着爸爸弹奏的尤克里里声，害羞的妈妈在红酒微醺的催化下鼓起勇气，轻盈地跳起草裙舞的舞步。妈妈的裙摆随着舞姿轻轻摇曳，像被邀请似的，小煌也学着妈妈欢快地舞动起来。

小煌“当、当”在地板上跳动的回想飞出窗外，飘到高远的天空里。

一切都安稳祥和，充满了南欧般舒适悠闲的氛围。

那时的妈妈，穿着一条轻盈的纯白色麻质的连衣裙。爸爸穿着海军制服的模样也是帅气逼人。为了向幼儿园小朋友们炫耀自己出色的父亲，煌一直期待着爸爸能来接他放学。可是，爸爸一次也没来过。

这是为什么呢？

人们第一次看到我时都会“啊！”地大吃一惊，再定睛重新打量我。

这是为什么呢？

幼儿园的小朋友们在游戏中和我牵过手后，都会用肥皂呵哧呵哧地把手洗了又洗。

这是为什么呢？

爸爸的父母，煌的爷爷奶奶，从美国来日本时，看到小煌后突然就不言语了，甚至都不愿抱抱小煌。二位老人从那之后再也没有来过叶山。不仅如此，往常每年都会寄来的圣诞节礼物也再没有收到过了。

在东京生活的妈妈的父母——煌的外祖父母也是一样，自煌懂事之后就再没见过面了。

这是为什么呢？

这些数不尽的乱七八糟的“为什么”占据了煌的整个心灵。这所有的答案终于还是解开了。

在那个暴风雨的夜晚——

那个六月的某天夜里，海风徐徐，院子里的金桂树枝随风飘摇，猛烈地叩打着小煌卧室的窗户。煌睡眼惺忪地望向窗外，一片漆黑的夜空中竟飞舞起洁白的雪花。不可思议的是，那雪花并非从天而降，而是从地面狂舞着向空中升腾。

“哇哦！我得告诉妈妈！”

想让妈妈也看到这美丽的雪景！煌匆忙地跑下楼梯。赤脚冰冰凉地跳跃在洁白的大理石上，感觉棒极了。

“妈妈，下雪了哟！”

就在快要飞奔跑进客厅的那一刻，煌听见了妈妈声嘶力竭的叫喊声。

“你到底在胡说些什么？！你，刚才，说什么？！”

“我说他是个怪物。”

“你，你，你……究竟在胡说什么……”妈妈的声音开始颤抖。

爸爸说道：“蓝色头发的孩子，我长这么大是见所未见、闻所未闻。他就是怪物！”

怪物。

突然，煌感到踩在脚下的扎实的地板就像突然消失了一般，一种坠入无底深渊的感觉向他袭来。

煌一言不发地返回了自己的房间，全身瘫软地蹲在冰冻般寒冷的地板上，这冷，让他全身发抖。

摆在床上的毛绒兔子和玩具熊，这些陪伴煌成长的好朋友们，眼神冷冷地盯着煌。

我被人们冷淡和疏远的理由。

因为我是顶着蓝色头发的“怪物”。

就像被锋利的匕首割开了心房一般，鲜红的血液止不住地喷涌而出。但是，却感觉不到疼痛。被一刀致命的心，已经“死”了，犹如看不到一丝光明的深海一般。

从心底涌起一股不可抑制的恸哭的冲动，却一滴眼泪也流不出来。

第二天早上，院子里的栀子花已全部凋零。

妈妈精心培育的栀子花的花瓣，就这样如白雪般散落一地。

这天早上，爸爸乘着潜水艇被派往遥远的深海。

妈妈说，因为美国和一个叫伊拉克的国家爆发了战争，爸爸这次兴许是因此而被派出去的。

可是——

爸爸再也没有回来。

难得地穿着白色制服的背影，这是煌关于爸爸的最后记忆。

不久之后，一位美国的律师打来电话，通知妈妈，她的丈夫申请了离婚。挂断电话时，妈妈深吸一口气，转过身来对着正目不转睛看着她的煌，放肆地哈哈大笑起来。这尖厉喧闹的笑声，煌是第一次听到。一直以来妈妈的笑声都是如竖琴声一般温柔地让人沉醉无比。此刻的笑声却异常干涩，刺痛着煌的心灵。

妈妈，别哭！

至今也不清楚当时妈妈明明在笑，却为何会想让她别哭。

只是，那个时候，煌明白了。

人越悲伤就越想展现笑脸。

人越想哭就越会用喧闹声做掩饰。

都是因为我，爸爸才一去不回了。都是因为我，爸爸才跟妈妈离婚了。

都是因为我，都是因为我这头蓝色的头发。

因为我是怪物，爸爸才不爱这个家了。

都怪我没用，我就不该来到这个世界上……

自从意识到自己的蓝色头发总是“带来不幸”的那天开始，煌小小的身体就愈发萎缩蜷曲，身高比同龄人矮很多，看上去格外瘦小。

煌第一次将头发染黑是在小学入学的前一天。

那时他的家已经从高层洋房搬到了狭窄的出租屋。

位于国道134号公路边一个红色邮筒旁的小路边上的一间小屋。周围都是高级住宅区，各式各样的家庭建筑样式充分彰显着主人丰富多彩的生活形态。煌和花梨的寒碜的家就静静地淹没在这些漂亮又高级的独院住宅中。

虽然住在隔壁的房东太太告诉妈妈可以随意使用小屋前的院子，但妈妈已经没有精力去养花种草了。那段时间家徒四壁，妈妈也再没有穿过那条轻盈的白色长裙。

离婚之后，妈妈就在朋友经营的一所接收不愿上学的儿童的自由学校里，干着给孩子们做学生餐的工作。

就是这段时间里，煌知道了外祖父母再也不愿来见自己和妈妈的原因。花梨的父亲家是江户以来就世代相传的古典艺能的宗家，始终把外界的评价看得比女儿的幸福更重要。他以接受不了煌的蓝色头发为理由，禁止花梨将孩子带回娘家。女儿离婚后，娘家也曾劝过女儿将煌送给别人家收养，但被花梨果断拒绝了，她要亲手抚养孩子长大成人。最终，与娘家断了联系。

煌从外祖母背着外祖父悄悄给妈妈打来电话中听到了这些内情。妈妈不能接受娘家的资助，也不能去见自己的父母，这一切的一切，都因为自己是个蓝头发的怪物。

妈妈买回了染发膏，说是下班回家路上路过政府办公室前的药妆店顺便买的。染发膏盒子的封面上，一个头发乌黑的女人盈盈顾盼。

“我的小煌，来玩变身游戏咯！”妈妈说着，在浴池里为煌染黑了头发。

因为没有使用附带的塑料手套，妈妈的手指头和指甲都被染得漆黑。住在多层洋房里时，妈妈的手指总是染着淡粉色或米黄色的指甲油。

煌从浴池里走到镜子跟前，看了又看，心想着这个孩子是谁?

镜子里是一个全然不认识的又小又瘦的男孩。

目不转睛地盯着镜子看了又看，正好与镜中妈妈的眼神相遇。

妈妈突然移开了视线，“头发是黑色了，眼睛还是蓝色的话有点不配吧。”

说着取出了一个小盒子，一打开白色盖子，里面放着两颗猫眼。

原来这是黑色的隐形眼镜。把它安进眼睛里后，蓝色的眼睛就变成了黑色。

黑色的头发，黑色的眼睛。

这样一来，煌就变成了“普通”人。

用心观察就能发现，原本放在家里的爸爸的制服、玩快艇时穿的冲锋衣、大大的登山靴等都全部消失不见了。在这个家里，再没有半点儿爸爸的痕迹。

同样，煌身体上的由爸爸带来的痕迹也全部消失了。

留下来的，只有两样。

妈妈左手的无名指上闪闪发光的鸡蛋花型戒指，爸爸的爱犬金毛寻回犬——小鸢。

戒指是爸爸妈妈结婚时，在夏威夷毛伊岛举办的婚礼上，爸爸送给妈妈的夏威夷风的信物，仿照鸡蛋花型的戒托上镶嵌着一颗古董级的珍贵蓝宝石。

爱犬小鸢总是耷拉着长长的耳朵，可爱极了，它性格沉稳，是不可替代的家人。

煌常常想不通。

爸爸讨厌我，可为什么连他最喜欢的小鸢也丢下不管了呢？

明明就最宠爱它了。

不，不，比起这些，最不能理解的是他为什么抛弃了妈妈。煌百思不得其解。

爸爸是妈妈在这个世界上最重要的人。爸爸也曾将想方设法让妈妈的笑作为人生最大的课题。怎么就能这么残忍地抛弃了妈妈呢？就像遗弃一只小狗一样，爸爸遗弃了我们。

爸爸怎么就能这么残忍呢？

想到这里，煌紧紧地抱住脑袋。

果然，不管想多少次，答案都只有一个。

因为我是“怪物”。

妈妈是带我来到这个世上的罪人，她也受到了惩罚。

到今天，5年3个月了，染发的次数，已经数不清了。数不清的染发，数不清的妈妈善意的谎言。

今晚又是每周一次的“黑暗日”。

煌盯着浴室地板上流动的水，

跟我一样啊……

又黑又脏。

第二天黎明，煌带着小鸢出门散步，一路走到了海岸边，深蓝色的天空中隐隐约约地飘着一湾浅浅的白色月牙。

散完步回家的路上，煌的脚步异常沉重。

一想到要去上学就心情灰暗。今天班里那些捣蛋鬼还是会叫我“怪人！怪人！”故意来找茬儿吧。明明这几年来自己已经非常努力地保持低调想做一个“普通”人，可还是被这些家伙给毁了——煌不由得咬紧了嘴唇。

从染黑头发的那天开始，就一心想着能融入集体，跟大家一样。

算数很差却加倍努力学习。因为倒数第一太显眼。

语文考试明明能轻松拿第一，却故意做错3道题。因为优秀的人太显眼。

不管什么事情，只要“和大家都一样”就正好。

一次绘画课上发生的事更加坚定了煌的这个信念。那是一次自然写生的校外学习。

来到海边时，同学们都画下了蓝色的大海和蓝色的天空。海的那一头是灰色的富士山。

可是，在煌眼里，大海呈现出多彩多姿的表情，像是要向他倾诉什么似的。

山也是一样。在小学的后山上，各种树木和不知名的植物生机勃勃地舒展着枝叶。在煌的同学们笔下都呈现出茶色或绿色。唯独煌的眼里看见的树木是发出黄色、白色的光晕，偶尔还能看见紫色和金色。

当他将自己看见的颜色画出来时，老师对他运用色彩的能力叹为观止。

“简直就像森林在唱歌一样！”

听到老师激动的赞美，同学们纷纷聚拢过来。很多孩子的视线集中到了煌的身上，那些眼睛好像在说“这家伙打哪儿冒出来的呀？”

在这之前煌的存在就像影子一样，谁也不会多看他一眼。他把自己藏起来，影子是不能现出真身的。

同学们异口同声：

“这家伙的画，太奇怪了！”

“山才不是这个颜色呢！”

果然，煌印证了，引人注目就会受到攻击，只有屏住呼吸在团体中保持沉默，被大家都忽略才是最安全的。

从那之后，煌再也不会如实地描绘自己眼里的世界了。别人怎么画，他就怎么画。让他感到震惊的是，大多数孩子们，哦不，是几乎所有的孩子们都画着同样的画：蓝色的大海，翠绿的青山，金色的太阳。好像在他们眼里，完全看不到随着季节和时间的推移，大自然像换装一般地变幻着的色彩。

煌学会了对自己眼前闪闪发光的大海、高山、太阳视而不见，依葫芦画瓢地学着其他孩子绘画。本来最喜欢的绘画课，变成了关闭所有感官的最煎熬的时间。

他就像一只藏身在地表深处的鼹鼠，泯灭了自我，想着应该能顺利地熬过小学6年级。可是，就在即将毕业的节骨眼儿上发生的一件事几乎让煌之前这么多年的努力化为泡影。那是一个月之前。

煌所就读的小学，每年6月都会召开全校球类大赛。

5、6年级的学生比赛垒球，班级对抗角逐优胜。煌因为自己运动细胞为零，本打算告假不参加的，但此次比赛规定了必须班级全员参与才有决胜的资格，煌的计划泡汤了。加上今年是最后一次比赛，大家都想画上圆满的句号，班主任更是热血许诺，要是全班能拿到冠军，今年暑假就请大家吃自助烧烤。同学们干劲十足，求胜心一时无两。

每天放学后全班都进行特训，由班里的棒球好手利久担任教练，大家加量练习。

利久是一个肤色健康、五官立体的运动少年。他四肢颀长，身高全校第一，看上去成熟健康。帅气的外貌让他成为女生们的“帅哥大评比”中当之无愧的第一名。学习成绩是年级第一。此外，他还是少年棒球联盟参赛球队中的王牌投手，4号球衣拥有者。他所在的队伍已经进入全国决赛，如果获胜的话，就能到美国参加世界大赛了。所以，他是学校，不，是整个地区的英雄。

由具有如此运动天赋的利久带领大家进行击球和防守练习。同学们的球技都有了明显进步。可是，只有煌，面对对手投来无数个非常好击打的球时，他却总是扑空，球棒连球都沾不到。防守也是一样，滚地球咕噜咕噜地从他胯下溜走，追也追不上。但是在利久的精心指导下，总算是能勉强抓住最容易的高飞球了。

全校球类大赛终于开幕了。多亏了赛前的特训，煌所在的6年级1班一路凯歌，顺利杀入决赛，将与4班争夺冠军。

人生的岔路口终于到来了。

发生在决胜局第7局的后半场。[1]

比分2：0，4班被远远甩在身后且有两个界外球，在这样的有利局势下，利久朝坐在替补席上的煌走过来。

“你去守住右翼球手。”利久告诉煌马上替补上场。

虽然已经有两个界外球，但4班在一垒和二垒上都有跑垒选手，场面依然紧张。一直提心吊胆地估摸着何时该轮到自己上场的煌，接收到利久的指令后，终于还是被这躲不过的一战吓得一脸苍白，恐惧得发抖的双手好不容易才把棒球手套戴好。

看着紧张不安的煌，利久鼓励他道：“胜利之神是站在我们这边的，安心上场吧！”

煌望着利久的脸，这种在电视剧里泛滥的台词从他口中说出来，意外地恳切而有说服力。

这时，4班的教练也申请了换人。指定了4班中胖乎乎的一个女生为代击手马上上场。这是4班的教练看到煌要出场了，才突然想起全员参与的规则而临时慌张所做出的选手替换。

看着这个完全没什么运动细胞的行动迟钝的女生上场，1班的拉拉队们再次感到胜利在望而声嘶力竭地欢呼起来。

“最后一球！最后一球！”煌的同学们兴奋地齐声助威。

女生已经有两个好球没有击中，再拿下一个好球的话，1班就胜利了。

---

[1] 在棒球的每一局中，守方转入攻方时。

“最后一球！去烧烤！最后一球！去烧烤！”1班的加油声响彻球场上空。

投手投出了“最后”一球。

女生闭着眼睛将球棒在空中大力一挥。

“呼！”

意外刺耳的一声！只见球高高地飞到煌的正上方。这样的话就很容易抓住了！

球落入棒球手套的瞬间，煌条件反射性地跳了起来。

由于反弹，球突然从手套中弹跳出来，以惊人的力量和速度滚到了运动场的挡网边上。

一时间，1班的悲叹和喊声四起。

“又不是什么排球，这都能打到网边上！”有人气愤地说道。

煌一时间不知球的去向，慌慌张张地跑过去追球，脚却好像被什么绊住了一样居然连跑都不利索了。说时迟、那时快，对方的两名跑垒者已经回到本垒。击球的女生也狂跑起来绕上了二垒。终于追上球的煌此时将球投向三垒，却让他本人都瞠目地意外投偏了。女生从三垒拼命地跑向本垒。4班的拉拉队员们沸腾了。好不容易才抓到球的二垒手用尽全身力气将球投向本垒，但4班的女生已经提前一秒钟踏上了本垒。1班一口气被拿走3分，到手的胜利飞了。1班的拉拉队席传来失望的嘘声和叹气声，一双双冰冷的目光向煌刺来。

如果煌不失误的话，随便一个球就能胜利到手的比赛，却以对方的本垒打而告终。

那时开始，煌再也不能像影子一样活着了。

在所有同学的脑中，煌那滑稽又丢人的瞬间与无处发泄的愤怒、悔恨一起深深地刻在记忆里挥之不去。

第二天早上，煌的室内鞋[1]从鞋柜里消失了。

上完体育课后回到教室里，煌发现书桌里的教科书上胡乱画满了涂鸦。

“屎”“白痴”“蠢人”“恶心”……而最大的打击是，煌的书包上被油性笔写满了涂鸦和脏话。

因为煌很喜欢妈妈好不容易凑够钱买下送给他的这个漂亮的薄荷色的书包。

同学弄脏了自己最珍惜的东西已经深深地伤害了煌，而恶意写在书包上的文字则将他的心彻底击碎。

“怪物！”

书包背面正中间醒目地写着这几个黑色的大字。

果然……大家……早就知道了……

我是个“怪物”……不管把头发染得多黑，还是不会被认可。我只是个“普通”人。

悲伤从心底而生，眼泪止不住地涌上来。

他拼尽全力克制住想哭的心，僵硬而勉强地扬起嘴角。

越是想哭就越要微笑。这是从妈妈那里学会的这个世界的礼仪。

---

[1] 日本的学校进门前要在门口换上室内鞋，室内鞋是不允许穿出学校的。日本每一个学校的教学楼门前都会有柜子。一个学生一个柜子。柜子里有两层，一般上层放室内鞋，下层放室外鞋。

而在远远地观察着煌的少年们眼里，煌所流露出的是对他们的冷笑和无畏。这笑，让人害怕极了，大家都悻悻地溜走了。利久也在这群人中。当眼神和煌相撞时，他冷淡地扭头背过身去，不再看煌一眼。

大家很生气——煌对于其他同学故意的刁难和欺负还能想得开，可唯独被利久讨厌这事让他难受极了。因为他了解利久拼了命地努力带领大家想要取得胜利，因为他对利久一直抱有一种类似于尊敬的羡慕和向往。

此刻，煌极力克制住内心想要冲到海边的冲动。

只有大海和小鸢才是煌可以打开心扉的挚友。

寂寞或者悲伤的时候。煌就会带着小鸢一起去海边，然后画画，就像与大海诉说一般。不管怎样的自己，只有大海和小鸢能无条件地接纳。只有被海浪声包围的时候，煌才能忘了自己是孤单一人。

煌换上了色彩淡淡的体操服，这是不引人注意的方法之一，这样就能变得“普通”。只要熬过了今天，就又能回归像空气一般的存在了。

可是，煌未能如愿。

第二天，第三天，同学们还是持续着看似微小却有着伤透煌内心的破坏力十足的霸凌行动。

一大早从海边散完步，煌忧郁地带着小鸢回到家里。

为了不让妈妈看到书包上的涂鸦，每天放学后，煌都故意把书包藏了起来，这时煌正背着这沉重的书包打算出门，正巧碰上一大早就出门了的妈妈骑着自行车回来。

“给你，午餐费。”

“欸，妈妈，你领到工资了吗？”煌感到意外不已，说着将钱小心翼翼地装进午餐费袋子里。

花梨工作的自由学校遭遇经营危机，已经几个月付不出工资了。即便如此，花梨还是放不下可怜的学生们，依旧每天按时去给孩子们做饭。可是，仅有的一点微薄的存款最终还是花完了，只得另外开始寻找能糊口的营生。

前几天拿着装午餐费的袋子回家时，花梨一瞬间的微微皱眉和严肃的神色都没逃过煌的眼睛。家里已经没钱支付自己的午餐费了。

“小煌不用担心。”妈妈用力地扬起嘴角对煌微笑着。

煌注意到了。花梨无名指上的鸡蛋花戒指不见了。

瞬间心底涌起一阵强烈的感情，煌咬紧牙关将这感情吞了回去。

将午餐费袋子一把塞进书包中，逃出门去。

妈妈把最珍视的戒指卖了！

充满了爸爸的爱的戒指！

她以为我不知道她一直在等着爸爸来接她吗？！

煌的眼泪扑簌簌流了下来。

如果，在这个世界上，一头蓝发的我从来就没有出生过。

现在，妈妈明明就可以和爸爸一起幸福地开怀笑吧。发自真心的笑！应该是那竖琴声般的笑声！

爆发的感情和着止不住的泪水，煌在林木茂密的山脚下，又高又长的围墙围起来的房屋中间狭窄的小巷里一步不停地往前走着。

忽然，一户人家的房门打开了，利久走了出来，像是在送别一位家政女工模样的阿姨。

煌突然想起来，以前听说过利久就住在离海岸边很近的地方，据说从他家二楼的窗户就能看到大海。这附近正好背山靠海，是叶山数一数二的别墅区。

不想让利久看见自己，煌立刻躲到了路旁去往山上的石梯边的柱子背后。

正好一对男女从山上下来。戴着眼镜、扎着简单发束的40多岁的女人和穿着熨得一丝不苟的白色扣结领衬衣的男人。

煌从柱子背后偷偷窥见，两人在石梯的一旁停下脚步。女人确信无疑地说："不是这边的山，是从教会那边上去的那个方向。一定藏在叶山的密林里的。"

男人一脸怀疑地回答道："简直难以置信，失传的圣柜居然藏身于这座山里……全世界无数的人找了那么多年却都找不到呀。不是传说希特勒当时花了好大工夫一直在寻找吗？可依然没有找到。怎么可能在叶山这种地方呢。"

"我也觉得不可思议。但是根据对现有信息的分析，确实只能是在这里啊。只要找到圣柜，许下的任何愿望都能实现。这真是太棒了。"

"金森教授您相信这个传说吗？"

这个被称作金森教授的女人对男人的质疑根本不理睬，一个劲儿地继续描述着关于圣柜的故事。看着女人的脸，煌不禁大吃一惊。总感觉在哪儿见过她似的，煌想了半天才回忆起来这个叫金森的女人是叶山当地研究宗教史的大学教授，曾经在煌所在的小学担任过选修课程的讲师。

好像那时，这位教授就曾在课堂上讲到过这"遗失的圣柜"是古代以色列国王“所罗门[1]的珍宝”，圣柜里有神剑、魔镜和古玉三样宝物。传说能得到剑的人将成为勇者，任何愿望都能实现。全世界笃信这个具有浪漫色彩的冒险故事的人一直在寻找圣柜，但至今还没有人找到过。

煌对金森教授在课堂上讲的所罗门国王所说的“一颗朝气蓬勃的心，就是能治愈一切的灵药”这句话印象极深，能说出这样震撼之言的国王所留传下来的宝物究竟是怎样的呢？煌对此充满了兴趣和好奇。

“遗失的圣柜”只是一个传说，只是现实中不存在的一个幻想故事罢了，可眼前这位金森教授却极力主张圣柜一定隐藏在叶山的神秘森林中。

煌也想上山了。万一能找到圣柜，所有的愿望就都可以实现了。可以帮妈妈赎回太阳花戒指！一想到这里，煌的心就怦怦地跳，越来越兴奋。忽地把头发变黑的念头也从脑海中闪过，但是这对煌来说是不能抱任何希望的事。

煌一路快跑回家，带上小鸢就往山上进发。

只有顺着国道走才能到达金森教授所说的教会，煌就读的小学就正对着国道，走过学校门前时他生怕被老师们叫住询问，但最终没有引起任何人的注意，煌走到了陡坡上的教会前。

教会旁边有一个登山入口，煌从那儿往山里走去。以前全班校外学习也曾组织来过这里，但这次跟以前集体出行的气氛完全不同，整座山

[1] 古代以色列王国第三任国王。

被一种不可思议的寂静包围着。山脚下的民房和中学就在那里，但煌却涌起一股莫名的寂寞和不安。

“圣柜怎么可能在这种地方嘛。”

煌用近乎滑稽的声音大声向小鸢说道，想要打破这瘆人的寂静。

这时，小鸢开始叫起来了。

“小鸢，怎么了？！”

只见小鸢一边朝密林深处狂吠，一边猛地往里跑去。

“小鸢！等等！”

到底发生什么事了，平常懂事乖巧的小鸢一个劲儿地往前跑，止也止不住。

煌慌慌张张地跟在后面跑。背上的书包里，教科书和文具盒哐当哐当地响个不停。

跑到满头大汗，终于在一个能远远望见大海的视野开阔处停了下来。

煌累得上气不接下气，抬起头来，看见穿着红色T恤的利久正站在自己面前。他背上背着帆布背包，手里拿着装着棒球球棒的盒子。

“你……”

大吃一惊的煌唐突地向利久问道：“你也是来寻找圣柜的吗？”

“欸……没、没有啊。”

“没有？”

“欸，嗯——”

利久嘟嘟哝哝地说道：“我已经找遍了叶山。可是完全没找着什么秘密森林啊。”

“欸！你也在找吗？”

“‘你也’？看来你也在找嘛。”

“没，我没。”

煌一时不知该如何否定，嘴巴也不听使唤起来。这时，小鸢又惊声大叫起来。

朝小鸢叫的方向看去，那儿正好立着一座白色的石像。

“这山里居然有这样的东西？”煌感到可疑极了，走近仔细一看，是一座高约50厘米的青蛙的石像。

“是只青蛙？”

就在煌目不转睛地盯着它看时，青蛙石像的嘴巴缓缓地张大开来。煌吓得魂飞魄散，往后一坐摔了个屁股蹲儿。

“啊——！”

“怎么了？”利久不可思议地问道。

“快！快看！快看这里！”

“青蛙？青蛙怎么啦？”

好像利久完全看不到青蛙石像张开了嘴巴似的。

“它张、张、张大了嘴巴！”

听到这里，利久的眼前一亮，激动地说：“我以前听说过秘密森林的入口就是一只青蛙！哪里嘴巴张开了？！哪里！快带我去看看！”

“欸……”煌极不情愿地往后退了几步。

小鸢像是要吓走这只张着的大嘴似的，不断地向石像靠近，突然，被青蛙的大嘴一口吞了进去。

煌惊慌地大喊着“小鸢”，好不容易才跑过去一把抓住了小鸢的尾巴，用尽全身力气想要将小鸢从青蛙嘴里拽出来，只感觉背后被利久使劲儿往里一推。

“啊——！”

一阵悲惨的叫声，煌跟利久、小鸢一起坠入一片黑暗中。

等煌缓过神儿来，才发现到了一片和刚才所在的山里完全两样的森林中。

树木枝繁叶茂，郁郁葱葱，树叶呈现出一种从未曾见过的奇妙的形状。乍一看树木间跃然飞起几只鸟，原来是一群挥舞着巨大紫色翅膀的蝴蝶。

小鸢像是被这紫色蝴蝶迷住一般，摇着尾巴跑来跑去，追赶着蝴蝶。

这时，煌才想起转头责问起拿着球棒盒子站在旁边的利久来，“你，你为什么，为什么要推我！”

“不好意思咯，手一滑。”

利久满不在乎地道歉，反而让煌越发生气，正准备找他理论时。突然——

“你们来了啊。”

两人转头望向发出声音的地方，出现了一只和刚才的石像一模一样的活的青蛙。奇怪的是，这只青蛙披着一件红色的披风，两只腿像人一样站立着。更奇怪的是，这只青蛙开口说话了！

从没见过会说话的青蛙，煌和利久两人被惊吓到一句话也说不出来。

可是为什么，小鸢却像是认识这只青蛙似的，乖乖地走过去亲近地俯在青蛙的脚边。

“你们两个是来这里寻找圣柜的吧。小乖乖们，这还是第一次有这么可爱的年轻人来这里，你们愿意舍弃原来的世界吗？”

煌听不太明白青蛙的说话方式。

定睛仔细一看，总觉得这只青蛙有点像电影《星球大战》中的尤达。

为了缓解紧张感，利久深吸了一口气，称呼了一声“青蛙先生”。突然，青蛙抓狂地大叫起来。

“错了错了，人家才不是什么青蛙，再喊我青蛙我就回去了！搞什么嘛。”

青蛙像是在故意逗笑两人一般，期待地盯着二人。

此时煌已经不知道该作何反应了，有些手足无措，说不出话来。反倒是身旁的利久毫不客气地开口了。

“老家伙，少废话，你到底是谁？”

青蛙假不正经的派头被利久一眼看穿了，一副不情愿的样子，但为了保持威严，他调整了一下姿势，开始自我介绍起来。

“我是老师，这片森林的引路人。两千多年前开始，我就奉命在这里为前来寻找圣柜的人带路了。”

“果然能实现所有愿望的神剑就藏身在这森林里啊？”

看着干劲儿十足的利久和紧张得不得了却又故作镇定的煌，老师说道：“能实现愿望？”

“是的。听说只要能找到这把神剑，就能成为勇敢者，不管什么愿望都能实现……”

老师的眼中锐气闪过，瞬间收起刚才不正经的神情和语气，像是变了个人似的，严肃地说道：“那把神剑，和魔镜、古玉一起放在一个长1.2米，高和宽约0.6米的棺材型的圣柜中。但是，神剑可不是什么帮助实现愿望的东西。”

“欸，这，这是什么意思？”

煌也不禁插话问道。老师的声音愈加紧迫。

“圣柜中的神剑、魔镜和古玉都各有特别的力量。听说尤其是得到神剑的人，就能拥有可以支配世界的强大力量。”

“支配世界？”

“是的是的。这把神剑，是从罗马法王到希特勒，全世界无数的权力者想尽办法想要寻找的东西。可是，几千年来还没有人真正找到过它。”

“这是为什么呢？”利久提出了这个煌也很想问的问题。

“圣柜安睡在那座叫作‘虹之峰’的大山深处。”老师指着耸立在西边的一座呈三角形的陡峭大山说道。

“只有勇敢者才能打开圣柜的盖子。”

“勇敢者？”煌疑惑地问道。

“就是能够集齐七块灵石的人。向那座山进发的人要经历七关的考验。每成功跨过一个关卡，这个人就能得到一块灵石。可是，到目前为止的探险者们，有的疯了，有的死了，有的变成了凶猛狰狞的怪兽。即使如此，你们俩，还是打算要去吗？”

煌不由得哆嗦起来。

居然来了这么个可怕到荒谬的地方，这是一个跟我没有半点儿关系的世界。还是逃走吧。

煌正这样想着时，身旁的利久毫不犹豫地回答道："要去！"

"……我明白了。来来来，我会尽力帮助你们的。"

"谢谢您，老师。"

望着突然变得好像老熟人一般的利久和老师，煌战战兢兢地开口了。

"那个，我要，我要回去。请告诉我怎么才能回去吧？"

老师回过头来："你个糯米团子，软趴趴的懦夫。"

"糯米……团子？你说我是团……子？"

老师继续大声呵斥一头雾水的煌："就是'懦夫''孬种'！"

糯米团子就是懦夫？到底说的是什么呀。这只青蛙先生……

老师继续说道："德岛方言里就是这么说的。"

德岛方言？

老师看出了煌心里在想什么，回答道。

"有传言说圣柜藏在德岛的剑山[1]，所以有很多人从德岛的入口来到这里。我觉得他们的语言很有趣啊，老是模仿他们说话，说着说着我也成了会双语的人才了。"

"这也算是会双语？不过，为什么入口在德岛和叶山呢。你不是说全世界的人都在寻找吗？"被老师一席话惊呆了的利久，这会儿看上去

[1] 位于日本德岛县的山峰，标高 1955 米，山区一带指定为剑山国定公园，四国第二高峰，日本百名山之一。

闪耀着一种即将开始未知的冒险之旅前的放松的光芒。

“全世界一共有180处入口。虹之峰、塞多纳[1]、芒特沙斯塔[2]、埃及……都是在地球的能量聚集的地方。但是，这些入口，只有具备成为勇敢者潜质的人才能看见。煌，你们居然不知道自己是能看见入口的幸运儿，真是太伤人了。”

入口什么的随你怎么说吧。煌用力地埋下了头。“求求您了，请让我回到原来的世界吧。”

“这可不行。”

“为什么？”

“只有跟你一起来到这个世界的人决定要一起离开时，出口才会打开。也就是说，你只能和这位利久同学、小鸢乖乖一起回去。”

汪！小鸢朝老师摇着尾巴回应着。

可恶，这个小鸢，居然对这只愚蠢版的尤达青蛙比对我还亲近……

煌的心里忍不住暗自发着牢骚，这时他才注意到周围天色已经不知不觉渐渐暗了下来，像是快下雨似的。

莫名的恐惧感从脚底心直蹿上来。害怕得几乎要哭出声来的煌不由得向利久靠近，“欸！我说，咱们回去吧。晚饭前要是还没回去的话我妈妈会担心的。”

---

[1] 位于美国亚利桑那州科罗拉多高原沙漠中的小镇，著名的旅游景点。这里很神秘，被认为具有超自然灵性，是印第安人崇敬的古老圣地。传说因为这里的特殊结构，有神秘的能量圈聚焦点，只要你来到这里，一踏上这红岩之地，就足以活化你生命的能量，改变你的人生，所以每年有许多朝圣者前来朝拜，补充生命之能。

[2] 位于美国加利福尼亚州锡斯基尤县的一座城市，地处沙斯塔山脚。

一旁的老师若无其事地说道："放心吧，这个森林里的时间跟你们原来的世界不一样，这里的时间流转快很多，三天相当于你们原来世界的一天，只要三天之内能回去，就保证能赶上你妈妈做的美味的晚餐哟。"

听他这么一说，煌正想开口反驳时。

"年轻人，你肯定是做好了受伤的心理准备才踏上了这次梦境般的冒险之旅的吧。"

老师说完这句之后，忽地从两人眼前消失了。

"你就在这待着好了。我一定可以找到圣柜，拿到神剑！"利久向煌表明了决心，径直向森林深处走去。

看着利久坚定的背影，煌呆若木鸡，恐慌到一时不知该如何是好。

连自己认证的唯一的朋友小鸢也扑哧扑哧地跟在利久的屁股后面朝前踱去。

拼命地克制住自己的呜咽，煌快步追上利久和小鸢。

总好过一个人待在这里。

总好过一个人待在这阴暗寂静、危险随时会降临的森林里。

"等等我！"煌怯生生的哀求声飘荡在这让人毛骨悚然的、静悄悄的森林中。煌被自己的声音吓得一阵寒战。

此时，他才感到，在这里，"想要变成普通人"这个一直以来的夙愿是多么的奢侈。

第一块灵石："赤"

利久依靠着携带的指南针，向圣柜所藏身的那座三角形的高山——虹之峰前进。

煌极不情愿地跟在后面，"你，你为什么想找到圣柜啊？"

"利久。"

"欸？什么意思？"

"叫我利久就可以了。大家都这么叫我。你呢？你叫什么名字？"

"煌。"

"好怪的名字啊，哪个huang？"

"闪耀光芒的意思，写作辉煌的煌字。"

"哦？！"一瞬间，利久转过身来目不转睛地看着煌。

对煌而言，在这个世界上最想向所有人隐瞒的事情，莫过于自己名字的由来了。煌曾听说是精通日语的爸爸感念于日语的"辉煌"一词，祈愿自己的儿子将来能够有一个灿烂辉煌的人生而特意为他取名为"煌"的。

可煌越来越觉得讽刺，现实中的自己是完全辜负了这个名字啊。

“你为什么想来寻找圣柜？”利久问道。

“欸，我……我没打算寻找什么圣柜。”

“骗人。你也是听了‘金森教授’讲的故事才来的吧。”

煌不禁往后退了两步。被利久看穿了。

“没，我才没……”

利久继续追问已经语无伦次的煌。

“如果知道了能实现所有的愿望，当然就好奇想来试着找找看，对吧。”

“利，利久君，你不是已经实现了所有的愿望吗？”

出生以来第一次这么直呼同学的名字，煌显然非常不适应，他继续问道。

“因为你想要的东西，都已经全有了啊。”

自从听到利久也是来寻找圣柜时起，煌就感到太不可思议，太让人费解了。

听说利久的父亲在横须贺经营着一家规模很大的私立医院，他母亲也是医院的名医。他在叶山的家，是位于一等一好地段的独栋别墅，他家境殷实。而且，利久还是个运动天才，超级大帅哥。已经拥有了一切的他，还有什么其他愿望吗？

“要是找到了圣柜，你想实现什么愿望？”

一脸疑惑的煌忍不住追问道。可利久显然不满于煌的多管闲事，扭头背过身去。

“别问了，不关你的事。”

被拒绝的煌无奈地深吸一口气，毕竟这是他早已习以为常的感觉。

看着利久朝远处走去的背影，煌突然“啊”地大叫一声。

利久的周围飘起一阵红色的烟雾。不仅是利久，小鸢、树木、草地周围也被五颜六色的烟雾所包围。

“那，那是什么？”

利久莫名其妙地看着抬手指着自己的煌，好像利久完全看不到这彩色的烟雾似的。

“能量、气流……”煌小声嘟哝着自己脑海里浮现的词汇。

“你说什么？”利久回过头来问道。

“没，没什么——”煌一边回答一边感到太神奇了。“能量”也好，“气流”也罢，这些词到目前为止煌一次也没用过，甚至连听都没有听说过。

可是它们却浮现在了他脑海里。煌发现这根本就不是自己的大脑所能想出的词汇。

虹之峰在遥远的西边，不管怎么赶路都至少要花三天时间才能到达。老师说过这森林里的三天相当于原来世界的一天，三天能回去的话还好，要是回去不了的话妈妈肯定会担心的。一想到这里，煌恨不得马上终止这场冒险。煌一个劲儿地打听利久想要找到圣柜的理由，也是因为想着能不能找到办法劝他结束这场未知的冒险。

但是，利久看上去没有一丝的犹豫，一心一意地坚定地往前走着。

小鸢也跟在利久后面保持着同样的步调。偶尔想起来了，会回头看看有气无力地走在最后面的煌，停下来稍等等他。小鸢就好像利久和煌之间的中间人。

越往森林深处走，就越靠近看上去完全不像是白天的幽暗之处。

“咔！咔！”前方传来阵阵拨开树枝的声响。煌和利久惊吓不已，目不转睛地注视着声音传来处。看到树丛在不停地晃动，两人意识到是有什么东西朝这边走过来了。于是，煌和利久屏住呼吸悄悄躲到了树荫背后。

不一会儿从树丛里走出来两头鹿，一大一小，看似母子。栗色的背上长着白色的花斑，跟普通的鹿并无二异，可双耳却异常地大，眼睛是淡淡的粉色。

鹿妈妈发现了两人的存在似的朝树荫这边看过来。煌倒吸一口气。只见一双好像能看穿人心的纯净的眼睛朝这边缓缓靠近。一瞬间似乎时间都停止了。可是，鹿妈妈却像什么都没发生似的，忽地将视线转向鹿宝宝，带着它缓缓地走开了。

这时两人才大松一口气，肩膀无力地垮了下来。这时突然，与鹿离开相反的方向又出现了两只奇怪的生物！两人再次紧张地屏息凝神，不敢挪动半步。这生物看起来是人的样子，可皮囊却一点儿没有人样，更像是蜥蜴，长着红色的眼睛，全身覆盖着绿色的鳞片，伸出三根尖锐的手爪，牙齿看上去像野兽般锋利无比。

突然，两个蜥蜴男向两人袭来。

煌吓得拔腿就跑，可是因为太害怕了，两腿发软，半步也动弹不得。

其中一只蜥蜴男伸出尖利的爪子向利久扑来，利久果断地朝蜥蜴男脸上迎面就是一拳。吃了一拳的蜥蜴男口中飞吐出一摊既恶心又黏稠的绿色液体，一时瘫倒在地上。另一只却毫无惧色，张开锋利的牙齿向煌飞扑过来。煌一动也动不了，一时恐惧到“咻”地紧闭上了双眼。正在此时，小鸢猛地跑来一口咬住了蜥蜴男的腿。

“呜啊——”蜥蜴男痛苦地惨叫着，用尽全身力气挣扎着想要甩开小鸢，这时利久一把拉起煌的手，“快跑！”

手被拽起的煌这才回过神儿来起身开跑。“小鸢！”他一边拼命地喊着，一边全速向前跑。两人带着小鸢一起快速地逃进了深处的草丛中。

两人藏身起来后悄悄往外窥探，只见缓过劲儿来的蜥蜴男愤怒地朝这边寻来。

“他，他，他们是什么怪物啊！”被吓破胆的煌声音愈发颤抖起来。

“我也不知道啊！我只知道他们肯定不是咱们这一边的。糟了糟了……这样下去我们一定会被干掉的！”利久面色沉重地小声说道。

看着利久，煌的心中不由得升腾起一阵悲鸣，“不会吧……”

这到底是为什么呢。眼前的利久明明就跟自己一样是个小学生，却像冒险电影的男主角一样勇敢。面对那种从没见过的蜥蜴怪物，他居然还能如此沉着冷静！究竟是怎么做到的呀。而我，却真的就只是个平凡的小学生……

这一定是在做梦！那只不知道从哪儿冒出来的操着德岛方言的青蛙什么的，这世上根本就不可能有的嘛。这是梦，不是真的，不是真的，快醒醒吧！

事实证明，煌发自心底的祈愿只是徒劳，蜥蜴男们好像发现了两人的脚印，正朝着这边快速走过来。

利久大喊一声：“小鸢，GO！”好像自己是小鸢的主人一般发布指令。

忽地，小鸢敏捷地从两个蜥蜴男的腋下穿过，快速地向森林的深处跑去。蜥蜴男们突然调转了方向，转头追击小鸢去了。

“你小子怎么能这么做！”

没想到利久居然牺牲小鸢来保命，煌气急了，猛扑上去抓住他扭打起来。

“不用担心，小鸢跑得很快的！”利久推开煌的胳膊，敏捷地从盒子中取出了球棒。通常说来，少年棒球联盟比赛用的球棒是金属的，但利久为了提升力量，依然使用的是平时训练时用的更重的木质球棒。

“你到底要干吗？”

“把小鸢唤回来！”利久一边挥动着左手里的球棒一边回答道。

“欸……”煌一时语塞。蜥蜴男都去追小鸢了。要是唤回小鸢，岂不是那些可怕的家伙也会折返回来！

看穿了煌的犹豫，利久忍不住大吼起来，“你这家伙，到底想做多久的缩头乌龟！你难道就没有自己想要拼了命保护的东西吗？！”

煌陷入了沉思。

拼了命想要保护的东西，有这样的东西吗？老师们不是说过生命才是最宝贵的吗？

对煌不抱任何期待的利久忍不住了，忽地吹了一声口哨。

“咻……”

眼看着小鸢从远处跑了回来。

啊！小鸢！还活着！小鸢还活着！

正激动地想要朝小鸢跑去时，煌的背心突然一凉。

那两只蜥蜴男也追着小鸢跑了过来。

他们手里居然举着屠宰用的大刀。

怎么回事！怎么越来越害怕！

煌紧抱着头吓得不由自主地蹲了下来。头顶上飘来了利久的声音。

“学会战斗，少年就能变成男子汉！”

“什么？”

“我在少年棒球联盟队里教练的口头禅。‘走上战场，少年就变成了男子汉，走下战场，女人就回归了少女’。”

算了吧，我还是一辈子都做个小孩儿吧。

煌哆哆嗦嗦地在心里默想着，却又不由得深切地厌恶起自己来。厌恶这个连最爱的小鸢都不能守护的自己。厌恶这个太过恐惧连思考都停滞的自己。

我什么都没有，哪怕连一点点勇气也没有。

“懦夫”就是一辈子的“懦夫”，是永远不可能变成勇敢者的。染黑头发、戴上黑色的隐形眼镜还是没法变成“普通”人的自己，是永远不可能变成勇敢者的。如果这个世界上真的存在能够实现一切愿望的圣柜，那么能找到它并变身勇敢者的一定是像利久一样的英雄。

眼看蜥蜴男就要扑过来了，此时利久一跃而起，抡起球棒就朝蜥蜴男打过去。

蜥蜴男举起大刀将球棒的攻击往回一挡，只听“当”的一声，大刀砍进了木质球棒里。

一时间，利久握着球棒动弹不得，正在此时，另一只蜥蜴男又从背后向他袭来。

这时，利久敏捷地将球棒换到左手，身体轻巧地一躲，同时伸出脚朝蜥蜴男猛踢一脚。蜥蜴男失去重心，眼看就要倒下了，小鸢突然跑来一口咬住他的屁股，让其无力还击。

一旁的煌战战兢兢地伸长了脖子。

哪怕利久再勇敢，运动神经再发达，看样子也难以应付这两只凶猛又强大的蜥蜴男啊。

这时，大刀飞快地掠过利久的腹部，T恤被劈开了长长的口子。

屁股被死死咬住的蜥蜴男掉过头来向小鸢张开了尖利的牙齿。小鸢大声地狂吠着往后退了几步。

两只蜥蜴男对利久穷追不舍。利久的身体眼看就要被那两柄大刀、锋利的爪子和尖利的牙齿给撕成碎片了。

煌害怕极了，简直不敢直视眼前的一切，抱着脑袋不停地发抖。

就在这时，突然传来一个声音，“肚子！注意肚子！”事实上，与其说是真实听见的声音，还不如说是从自己的身体深处突然涌起的一种强烈的感觉。

“不要管蜥蜴男了！集中注意力到肚子！”

煌不由得将身体里涌起的感觉自动地转换成语言，不停地向利久喊道。不知为什么，这样的信号像是在一种强烈的信念的驱使下自发地要传到利久那里去似的。

“肚子是个什么东西？！”用球棒牵制住蜥蜴男的利久回头拼命地问道。

煌的脑中又涌起一阵感觉，瞬间转换成了语言。

“就是丹田！感受你的丹田，然后深呼吸！”

煌向利久大声喊话的同时，不可思议地感到自己的意识也逐渐向丹田集中，可这并非自己有意识的行为，就好像是身体本能的反应一样。

于是，所有的意识都集中到了腹部的中心——丹田，并用丹田进行呼吸。渐渐地，煌的身体被一层金色的椭圆形的光晕所围裹着。同时，不知从哪儿传递来的信息，他一下子明白了这光晕原来叫作“光球”。

忽地，虽然蜥蜴男的攻击依旧狰狞，小鸢依旧激动地狂吠着，周围依然危险至极，可是煌的内心却意外地被一种宁静所包围。

在这金色的光球中，惊慌的心也平静下来了，呼吸也愈发缓慢顺畅了。

“别忘了呼吸！”这感觉突然涌入脑海，煌马上又深吸一口气，然后慢慢吐气。

“利久，快想象你的身体周围环绕着椭圆形的光芒！”就在煌告诉利久要做出光球的那一瞬间。

煌突然意识到自己好像对两只蜥蜴男的下一步的攻击动作了如指掌了。

“利久，接下来是左边！他们下一步要从左边攻击你！”

“你，你说什么？”利久完全听不懂煌在说些什么。

“我能预测他们下一步的攻击动作！你相信我说的！马上是右边！注意你脚下！”

利久虽然觉得煌的话简直是异想天开，但还是照煌的提示摆好架势准备迎战。这时，果然，有趣的事情发生了，蜥蜴男们正好如煌所说的方向攻击而来。

“煌，如果你能预测到这些家伙的攻击行动的话，那么应该也能知道他们什么时候放缓攻击吧！快告诉我我该趁什么时候主动出击！”利久一边激烈地防守，一边向煌大声喊道。

“可是你要主动出击的话就没法防守了呀！”

“一直防守是赢不了的！赢不了的游戏就没有任何意义！”

煌闭上了双眼，感到两只蜥蜴男的气息越来越浓。

“利久，他们从右上打来，你从左下打回去！”

利久照着煌的指示，敏捷地避开了从右上方的头顶径直挥下来的大刀，同时，瞄准左手边蜥蜴男的肚子用球棒狠狠地击打过去。接下来的一瞬间，又一棒子重重地打在右手边蜥蜴男的肩膀上。

两只蜥蜴男发出瘆人的惨叫，随即瘫倒在地上。一眨眼的工夫，便四散逃窜，消失得无影无踪。

“你没事吧？！”煌向气喘吁吁的利久跑去。

“多亏了你！谢谢你，煌！”利久不禁凝视起煌来。

“欸，没，我什么也没做……”煌慌张地挪开了视线。出生以来还是第一次这样被人郑重地称呼名字，煌有些不知所措。

利久不禁疑惑地追问道，“刚才那个，那个椭圆形的光晕到底是什么？”

“我也不是很清楚呐……欸！你能看见我被一圈光包围着吗？”

煌指的是包围着自己的光球。

“没有啊，我什么都没看见。”

不知为什么，好像只有煌能看到这光球似的。煌告诉利久那圈光晕好像叫作“光球”，只要在光球里面，情绪就能变得很平静，说着邀请利久也试着集中意识创造自己的光球。

虽然对煌神奇的建议有些怀疑，但利久还是照着煌的建议，试着将意识都集中到了丹田。在心里描绘着从丹田里发出的光向四周放射开来，包裹住了自己整个身体。自己就在椭圆的光晕之中。利久深吸一口气，“哇哦，太神奇了，我感觉很平和和安宁。”

他每呼吸一次，多余的力气就随之一点点消解，渐渐地感到越来越放松。接着，利久全身涌起一股踏实而坚定的力量，自己仿佛置身于让人暖洋洋的“信赖”之中。

煌也因为感受到这肉眼看不见的能量而兴奋不已。如果这样简单地集中意识在内心想象勾勒就能让情绪平复下来的话，那么恐惧和紧张时也能这样轻松地让自己从负面的情绪中解脱了吧。

正在这时，天空中突然一道闪烁的光芒朝两人飞落下来。

两人的眼神目不转睛地跟随着这道鲜亮的光束，只见光束向煌越飞越近。原来是一块鲜红色的圆形石头，它就像是一只有灵性的生物一般，朝着煌飞来，瞬时便飞到他的手中，随即收起了光芒。

惊诧不已的两人定睛一看，这块红色的石头上刻着一个字——“恐”。

“莫非，这，这就是七块灵石中的一块？”

利久难掩兴奋，煌却一时不知所措。

可自己什么都没做啊。

“这就是第一块灵石‘恐’哦。因为煌你克服了自己的恐惧。”

突然，传来熟悉的德岛方言，老师又出现了。

“第一块红色的灵石能够激活生命力。”老师盯着煌的脸说道。

“煌，你将意识集中到丹田，用腹部去呼吸。这正是用自己的意识去关注内心深处的最简单的方法之一哦。日本所谓的‘道’不就是为了实现肉体和精神的统一嘛。武道、茶道、花道、书道等，所有的‘道’都是将自己的意识投向内心深处的一种修行。人类就是靠潜意识相互联结起来的。只要将自己的意识集中于内心深处，就能了解到因潜意识而联结起来的对方的想法和意图了。正因如此，煌才读懂了蜥蜴男的内心动向。以前，宫本武藏[1]闭着眼睛就能横扫吉冈一门70人也是基于这个原理，用‘心眼’看穿了敌人的一切动向。”

“那刚才听见的那种像声音一样的感觉又是什么呢？”煌继续不解地问道。

“那是‘源之声’，能量巨大。有时候被叫作‘灵感’，有时候又以‘创意’的方式呈现出来。只要将自己的意识集中到内心深处，就可以接收到‘源’所发来的信息。”

“源？”

“也叫作万物之本。民间也把它称作‘宇宙’或者‘本源’。世上的森罗万象，人也好、物也罢，所有的事件等一切的一切，都是从‘源’而来，最终消亡于‘源’。我和你们都不过是‘源’的一种物化的表现而已。”

“什么东西？完全听不懂。”利久焦躁地说道。

---

[1] 1584年出生于日本冈山县英田郡大原町宫本。日本战国末期至江户时代初期的剑术家、兵法家、艺术家。

“这样，打个比方来说，‘源’就是大海，我也好，你们也罢，还有动物、山川、河流、建筑等，世间所有的一切都是这大海的一滴水。”

“大海的一滴水？”煌越来越摸不着头脑。

“也就是说万物都是‘一体’！我们每个人都认为自己是独立的存在，这完全是一种错觉。我和你们啊，本质上都是‘一体’的。”

“你是说我、煌、还有老师您，我们是一心同体？！可怕可怕。”利久皱起眉头一脸的嫌弃。

“哈哈，一心同体？居然还有这种叫法。不管叫什么，只要你们明白了就好。虽然我们是一心同体，但是因为我们的肉身不同，大家就很容易产生错觉，认为我们是分离的。就像大海里的每一滴水，都忘了自己原本就是大海的一部分，原本就是大海。明明自己就是博大的‘源’的分身，却忘了这一点而痛苦不堪地活着，这就是人。”

如果我们都是“一体”，都是一心同体。

如果我和利久、我们和那些蜥蜴男、一切的一切都是“一体”的话，世上就没有了纷争，也没有了欺凌。因为欺凌别人就等于伤害自己，因为杀害别人就等于杀掉自己。

不，如果世界一直是“一体”的话，世上就没有了我，也没有了利久，也没有了妈妈。小鸢也将消失，大海和山川都将消亡。我、利久、妈妈和小鸢、还有大海、山川、还有那些蜥蜴男都融为“一体”了。

这，这将是一种怎样的心情？

我，不知道。

煌不想再想了，脑子已经乱成一团。

唯一确定的是，人从“一体”中分化出来，变成了“个体”，变成了孤独又寂寞的个体，变成了相互比较、区分阶层、容不下与自己不同的个体，变成了想要将自己的东西、他人的东西全部据为己有的个体。因而纷争不断、互相残杀、直至枯竭凋零。

“人类就是在玩着分离的游戏。”

这句话不由得浮现在煌的脑海里。

兴许这也是“源”发来的信息吧？纷争也好，残杀也罢，如果在没有分离的万物“一体”的状态下是绝不可能发生的。

如果说“分离的游戏”就是指人类忘了万物“一体”，陷入愚蠢贪婪的竞争和战争的话，那么“源”为什么要让这个游戏开始呢？

如果万物“一体”的话，就不会发生这些悲剧的无止境的游戏，可是“源”为什么要我们经历这样的游戏，“源”到底想要干什么呢？

煌激动得想要哭出声来，在内心暗暗地质问起“源”来。

如果我是您的分身，那你为什么要让我经历和承受这么多痛苦？

我生下来就是个怪物，妈妈为了养我，工作也没了，穷到连太阳花戒指都不得不变卖了。

为什么？

为什么要让我来到这个世上？

我活着是为了什么啊？

煌手中握着的红色灵石绽放出耀眼的光芒。

“你们俩，要是真的想找到圣柜的话就抓紧时间上路吧。”老师紧迫地说道，“接下来，真正的考验才刚刚开始。黑暗将军塔马斯也来到了这森林里，刚才袭击你们的蜥蜴男就是塔马斯的手下！”

“塔马斯？”

“他是全世界罪恶的巨富财阀们的爪牙，他们控制着全球经济的运转。全世界的财富都在他们的掌控之中，但他们依然欲求不满，企图夺取圣柜，征服世界！”

煌终于明白了，自己的真正的对手不是妖怪，而是现实社会中罪恶权力者的手下。一时更加局促不安起来。

老师继续说道：“如果圣柜真的落入塔马斯之手，后果将不堪设想。”

“后果会怎样？”利久疑惑地问道。

“世界的价值观将颠倒。恶将成为善，而真正的善将被疏远和冷淡。”

“这……这是什么意思？”煌忍不住插问道。

“举个例子，心地善良将被嘲笑和蔑视，反而心术不正、狡猾自私将会被大力赞扬。也就是说，煌，如果在你妈妈工作的地方有个坏心眼的老头子欺负你妈妈的话，大家会认为这个老头做得对、做得好，而你妈妈的申诉将会被无视之类的。”

“岂有此理！？”

“就是这样，到时候，我们都认为岂有此理的事情将变得理所当然。小偷成为有钱人，撒谎者被赞赏，杀人犯成为英雄。塔马斯这样黑暗世界的恶人们就会乘着乱世在治理社会的名义下，将人们像奴隶一样支配，创造一个丑恶的、效率至上主义的社会。”

“大家不会容忍他们这样做的！”

“当然。可是社会是会随着大多数人有意识的选择而发生改变的。如今，社会的贫富差距越来越大，愤怒而绝望的人越来越多。这样子下去的话，将发生什么呢？”

“这样就想要在什么地方发泄自己的焦躁和不安，对吗？”

“是的。人们就会将自己的不幸遭遇归咎到别人和社会的头上，愤怒的矛头就将指向别人和社会。这才是霸凌的根源。”老师目不转睛地盯着煌，好像看穿了煌一直在忍受霸凌似的。

煌避开了视线。

在学校里被霸凌对煌来说是件“羞耻的事”。不想让任何人知道。而且现在欺负他的人就站在眼前，煌一点儿也不想回忆起那段经历。

老师继续说道，“塔马斯们就是想要依靠圣柜的力量，泯灭人们内心的善良，而达到支配世界的目的。”

“如果他们成功了的话？”利久焦急地问道。

“真、善、美可能将从世界上消失。”

“真、善、美？”

老师为了进一步唤醒煌，继续解释道，“‘真、善、美’是射术中立禅的最高目标，原本是古希腊的哲学家柏拉图所提出的人生而为人最理想、最美好的品质。”

听完后煌简直不敢想象。如果“真、善、美”真的消失了，那这个世界将变得何等的荒芜和丑陋啊，就像太阳从我们的世界消失了一样。

正这样想着，煌的脑海里出现了一片从未有过的景象，一片墨黑色的肮脏的大海。原油一样的黏糊糊的液体覆盖着整片海洋。大量的鱼类的尸体漂浮在油污里。

还看见了森林被夷为平地，猴子、野猪、灰熊失去了家园，涌进城市攻击人类。煌的脑中就像放电影一样，又切换到下一个画面，街头发生了暴动，蜥蜴男们接连不断地逮捕人类，装上货车车厢，一车一车地往外运走。被带走的那些人，一定是为了争取和平与自由而抗争的人们。失去父母的孩子们在无助地哭泣，居然还有大人从这些孩子手中抢夺食物和所剩无几的金钱。

煌不由得为之一振。

难道这也是“源”发来的信息吗？

是“源”在向我展示世界落入塔马斯们手中后的样子吗？

煌无法承受此般痛苦，集中意识到丹田又唤起了光球，随之不停地深呼吸。

内心一点点平静了下来。

“看来你已经学会了与‘源’联结起来的方法嘛。呼吸是能联结起‘源’的最简单、最省事的方法。”

“跟‘源’联结起来？”

煌正想问时，手中的红色灵石又开始发光了。

“我希望你们俩能找到圣柜。你们虽然年轻，但是敢于和蜥蜴男搏斗。这样单纯勇敢的初心就是成为真正的勇敢者的第一步。”老师眼神坚定地望着两人。

“老师，你是‘源’的朋友吧。那你为什么不直接阻止塔马斯就好了呢？”

“就是嘛。刚才也是，您明明可以早点出手救我们的。”

煌也附和起利久的抗议，表达了对老师的不满。

“我去阻止，呵，我阻止不了的。”

“阻止不了？为什么呀？！”利久无法接受老师的回答。

“‘源’是没有善恶的，通常是中立的。因此，想得到圣柜的人不管遇到任何困难，都必须靠自己的力量去克服。我能做的，就是教给你们成为勇敢者的知识和智慧。”

“我这样的人，也能成为勇敢者吗？”煌战战兢兢地问道。虽然从未期待过自己能成为勇敢者，但在煌的心底，是绝对不想让这个世界落入恶势力之手的。并且，之前自己已经接收到了来自“源”的切实的力量，这是事实。一想起在光球中呼吸时的舒畅和自然，煌就感觉自己的存在像是被放大了似的，勇气也止不住地涌上来。

“要不要成为勇敢者，你们自己决定。不过，通往未来的道路只会向立志成为勇者的人打开。你们做决定吧！年轻人们，记住，梦想不是为了永远做梦而存在的，梦想是为了实现它而存在的。”

“我！我要成为勇敢者！”煌脱口而出。好像不是深思熟虑后做出的决定，他感觉更像是有一种强烈的冲动驱使自己说出口的一般，就好像说出了很早很早以前就决定的一个非常自然的决定似的。不可思议！

可是，刚一说出口，“我怎么可能成为勇敢者”这样完全相反的念头强烈地涌上心头。连为了保护小鸢都无法挺身战斗的自己，怎么能保证再次遇到蜥蜴男时能够毫不退缩地勇敢站出来呢……

老师“咻”地飞了起来悬在空中，“说得好！实现梦想的第一步就是宣誓！把心里想的都说出来！人偶尔会退缩和胆怯，但说出口来就能暗示自己绝不能将主导权让给心底的这些消极情绪。你们继续宣誓吧！‘我要做！我能做到’！每当脑中冒出‘我不行’的想法时，就对自己无数次地宣誓‘可以的’‘我可以做到的’！自己为自己洗脑。很多人都是，明明自己很想做某件事，却故意找些‘没有钱’‘没有时间’‘时机还不成熟’‘还要再准备一下’等各种理由而打消原本的念头。这是因为他们知道，只要一旦开始行动了，多多少少自己都会吃些苦头。但是，勇敢地付诸行动也是一种直面失败和恐惧的表现。不必害怕受伤和吃苦。只要多一点点勇气，勇敢地迈出第一步，你就会发现比伤害和痛苦大得多得多的赞美和钦慕将向你们涌来。不仅如此，只要迈出了第一步的人就能一直走下去，而无法迈出第一步的人将永远止步不前。真正的敌人就是自己。先打败自己内心那个反抗的恶魔吧。”

就像是在回应老师的教诲一般，煌的内心激动又兴奋，“我一定要成为勇敢者。得到神剑，让善良的人都过上幸福安宁的生活，还要为妈妈赎回戒指。”这时，煌忽然感到勇气好像战胜了内心的不安，得到红色灵石的喜悦也一点一点慢慢涌上心头。

突然，利久打断了想要再次宣誓立志成为勇敢者的煌，“能成为勇敢者的人，是我！”

煌看了一眼利久，利久好像要向他挑战似地怒视着煌。

“我绝对不会把世界拱手让给塔马斯们。在这世上，我还有很多很多梦想要实现！”

利久意志坚决、眼神坚定地说道。

“咻……”

老师吹响了口哨。

“你们俩都很棒！再也不是懦夫了！”说着，老师啪嗒啪嗒地敲打着煌的脑袋，继续说道，“可是，不好意思。能够成为勇敢者的，只能有一个人。只有一个人能够得到圣柜。”

老师看着煌手中的红色灵石补充道，“如果中途失败了要离开这片森林的话，这块灵石将被没收哦，要有心理准备哦。”

这时，煌留意到利久目不转睛地正盯着自己手中的灵石，便赶紧慌慌张张地将灵石揣进了裤兜里。

“煌，就凭你一个人能找到圣柜吗？”利久冷冷地说。

“欸？！”

“所以说嘛。不管我怎么拼命，如果还是连成为勇敢者的资格都没有的话，再继续下去也没什么意义了。所以，如果你要独占那块灵石的话，我就退出，不去了。”

听了利久的话，煌不由得害怕起来。红色灵石确实是落入了自己手里，但正是因为利久勇敢地与敌人搏斗，自己才看见了光球，才听见了“源”发来的信息。要自己一个人继续这段冒险之旅，简直不敢想象。

利久像看穿了煌的心事一般，“你具有我所没有的幻听和幻视的能力，我有你不具备的战斗能力，因此，我们两人一起合作寻找圣柜如何？”

“可是，老师刚才说只有一个人能得到圣柜……”

煌一时不知如何是好。被拒绝的利久焦急地说道，“哼！那你自己一个人去好了！”

煌犹豫了片刻，回答道：“……好吧，我们一起去吧。这块灵石是我们俩的……”

最后，注视着这一切的老师微笑地说道：“年轻人们，只需一点点勇气，就能让梦想开出灿烂的花哦。”

第二块灵石：“橙”

越往森林的深处行进，就越像走进了危机四伏的雨林。阳光被树木完全遮挡，林中既阴暗又湿冷。奇形怪状的植物郁郁葱葱，看见林中穿梭的猴子和松鼠时，两人既新奇又喜悦，但当长达5米的蟒蛇阻断了眼前的去路时，煌却又为自己立志成为勇敢者的宣言懊悔万分。

连一向天不怕地不怕的利久也被这蟒蛇吓得不轻，“一会儿是蜥蜴，一会儿是蟒蛇，怎么这些爬行类总是阴魂不散呐。我最讨厌的就是爬行类动物了。你，你快跟‘源’说说看呐！煌，你不是有心灵感应吗！‘源’出现的话，就能把这些东西都消灭干净吧！”利久一路不停地牢骚诅咒着。

在煌的感受中，“源”并不存在于可以随意发牢骚、可以随意灭掉谁的次元中，而在利久的认知里，好像“源”就是老师的上司，不过是一只更大的青蛙而已。

拨开树枝继续前进，阳光从缝隙中射下来。

煌终于再次感受到了一点儿太阳公公的气息。小鸢也高兴地跳来跳去。

“啊，肚子好饿，吃点东西吧。”利久在一块岩石上坐下来，从帆布背包中取出一个袋子。

一阵可口的香味飘了出来。

煌内心动摇了，不由得埋下了头。

“你居然没带吃的来？！”利久惊讶不已，“你真行，这样也敢说自己要成为勇敢者。”

利久说得没错，煌竟一时哑口无言。看着利久的背包里塞得满满的饼干和巧克力，煌才明白他为了这趟冒险之旅早早地做好了万全的准备。

而煌的书包里却只有教科书、文具盒、画画用的素描本和彩色铅笔。全是些冒险之旅都用不上的东西。

“吃吧。”

利久掏出一个饭团。

“……为什么？”

不可思议。利久应该是讨厌煌的。自从球类大赛上搞砸了以后，煌就受到了利久他们的集体霸凌。

“你要是饿晕了的话，我可背不动你。再说了，只有你才能接收到‘源’的信息，我可不想被蜥蜴男莫名其妙地弄死。”

“利久你也能接收到哦。只要把意识集中到内心最深处就行了。”

说着，利久将饭团抛给了煌。

“……谢谢。”

“小鸢！”

在不远处追着巨型蝴蝶玩耍的小鸢猛地快跑到两人跟前。

利久一边把最后一个饭团喂给小鸢，一边说道：“为什么叫‘小鸢’呢？怪怪的名字。”

“小鸢”这名字是我爸爸取的。

煌开始讲述从妈妈那里听来的从前的故事。

那时，小鸢还是一只幼仔，刚来到家里。一次，爸爸和妈妈带着小鸢去海边散步。午餐时间，两人正准备吃自带的三明治时，突然天上猛地飞来一只鸢夺走了妈妈手里的三明治。

惊魂未定的妈妈大叫着“鸢”！

没想到，旁边的幼仔小狗却不知什么原因地“汪汪”叫起来，还不停地摇着尾巴。

爸爸觉得它那样子太有趣了，“好！从今天开始你就是小鸢了！”。

煌说着说着不由得难过起来。为什么一想起爸爸妈妈愉快幸福的曾经，自己就心痛得无法呼吸，想哭却哭不出声来。

“你爸爸是美国人？”

“嗯……”

“那就是在横须贺基地服役吧？真是太帅了。”

“啊，这个，我，我不是很清楚欸。可能，可能现在他已经回美国了吧。”

“欸？为什么连你都不清楚欸？”利久一脸难以置信地问道。

“离婚了。妈妈和爸爸离婚了。现在完全没有联系了。”

“哦……”利久就此打住，没再继续这个话题了。

煌心里难过极了，忍不住朝前跑去。

“欸！你等等！”利久想要叫住他，煌却一个劲儿地向前跑去。

这是煌第一次向外人讲述父母离婚的事。此时，他不想让任何人看到自己狼狈的样子。

刚才饭团吃得正香的小鸢忽地跟着跑过去追上了煌。

煌在茂密的丛林中一个劲儿地埋头往前走着。树枝像刺刀一般拍打在他的脸上。

这刺痛感总算能让他心里稍微舒服一点。心里的痛苦似乎消减了一些。

突然，一阵嘈杂声传来，好像有人！煌机敏地躲到了树荫背后。

屏住呼吸，悄悄在树荫的掩护下小心翼翼地朝前走过去，才发现眼前已经是陡峭的悬崖，好像那喧哗声就是从这悬崖下传来的。煌谨慎地朝下窥视，发现悬崖下是一片宽敞的广场。

广场中间站着数以百计的军队。

“这，这都是些什么人啊……”大吃一惊的煌继续往前探出身子想要一探究竟，突然被吓出一身冷汗。

广场上站着的全是清一色的蜥蜴男的武装队伍。不仅人人装备有大刀，还有的肩上扛着看起来火力十足的机关枪。吓得脸色苍白的煌突然感觉背后有人，吓了一大跳，回头一看，追上来的利久也一脸苍白地俯着身子朝下看。

“这下我们死定了。”

“就是说我们必须打败这么些家伙才行？”利久压低了颤抖的声音说道。

煌多么希望利久能打消自己的恐惧，可是不仅这小小的愿望破灭了，利久还说出了一个煌更不愿意接受的可怕的事实。

“如果他们的目标也是圣柜，而你手中正好握有打开圣柜的一把钥匙，就是那块灵石。这样看来，你应该是他们的第一目标。”

煌苍白的脸色愈加的惨白。

“快逃吧！”利久和煌以自己的极限速度开始逃跑。

利久跑在前面，煌也不甘示弱拼了命地跟在后面狂跑。

两人跑到离蜥蜴男大军很远的地方时，突然，老师又出现在了眼前。

“您吓死我们了。本来就已经够害怕的了！”利久不由得向老师抱怨道。

煌因跑得太快正急促地大口喘气，一句话也说不出来。

“就快没时间了，所以我得提前把很重要的教诲告诉你们。”老师慢慢悠悠地发话了，“你们刚才都看到了那些残暴的蜥蜴男大军了吧，很可怕是不是？”

煌和利久捣蒜似地不停点头。

“可是，可以说这些敌人都是你们自己的内心所创造出来的。”

“自己的内心创造出来的？”煌皱起了眉头。

“是的。这世上所呈现出来的所有现实，都是你们的内心的真实反映。先有了心，或者说先有了思考和情绪，然后你所思考的内容才会反映出来呈现为你眼前的现实。人类活着就是不断在‘体验’自己的内心的思考。”

煌和利久都被老师这毫无头绪的分析弄得晕头转向，两人面面相觑，摸不着头脑。

“您说的思考的内容……也就是说因为我脑中想过那些蜥蜴男，所以他们才在现实中出现的？”煌说出了自己的理解，可利久一听完就像反抗似地，模仿起老师的口吻，极力否定老师的说法，“那么恶心的蜥蜴男，我们才不会去想、去创造呢。”

老师继续平静地说道。

“可能你们很难相信，但确实是这样的。在这世上，你们相信些什么，现实就会按照你们的想法去演进。打个比方，电影是通过影像被映在大屏幕上而呈现出来的。大屏幕上的影像就是你们的现实，放映机里的胶片就是你们的内心。内心里想了些什么，感受到些什么，都会如实地反映在现实中。换言之，你们不过是在体验着自己内心的思考而已。”

“也就是说……内心想法改变了，现实也会改变咯？”利久将信将疑地问道。

“是的。”

老师笃定地点了点头，然后一动不动地注视着煌。

“煌，你刚才想了些什么？就是刚才得到那块红色灵石时。”

“……害怕。除了害怕，还有，嗯……我以前一直觉得自己什么也做不成，得到灵石后也突然第一次敢去想，说不定自己也能干成点什么。”

煌紧紧地握着灵石说道。

老师又将目光转向了利久。“利久，你呢？怎么想的？被煌拿到了灵石时。”

“我，我……”利久不敢看煌的眼睛，“第二块灵石，我一定能拿到!”

“很懊恼吧。”

“我才没有！”被老师说中了似的，利久的声音烦躁起来。

煌也发现了。利久在发脾气。可能他还是无法接受得到第一块灵石居然是那个吓到发抖的煌，而不是勇敢战斗的自己吧。

老师又说道，“利久，正是你的‘懊恼’‘愤怒’的情绪创造了无法得到灵石的现实。”

“老师您说错了！正是因为我没有得到灵石，才会懊恼和生气的！您顺序弄反了呀。”利久激动地反驳道。

“很遗憾，是你弄错了。人类啊，总是自以为聪明地犯很多错误。你觉得自己是因为没能得到灵石才产生了‘懊恼’‘愤怒’的情绪。可是，事实正好相反。因为有了‘懊恼’‘愤怒’的情绪，就像放映机里的胶片一样，反映在了现实的大屏幕上。”

“所有的事情都是这样的吗？”煌不解地追问。

“所有的事情都是这样的。世界上所发生的所有事情，都是因为先有了想法和思考。人的心和意识就能映照成现实。要想成为勇敢者，必须深刻地理解这一点。”

利久依旧像不能苟同一般一脸的不服气，可是却无言反驳。

煌也更搞不懂了。

如果所有的现实都是自己的内心创造的，那也就是说和爸爸离婚这个事实是妈妈自己愿意的吗？妈妈的内心非常难过，难道说是因为她很难过，才引发了离婚了的现实吗？

难道我被同学欺负也是因为我内心先有了“痛苦”“悲伤”“愤

怒”“我不行”“我很可怜”这样的情绪才发生的吗？！难道穷得连午餐费都交不上，妈妈甚至把最心爱的戒指卖了也是一样？！

难道我的一头蓝发也是我自己的内心所创造的？！

“不可能！”煌用此前从未有过的坚定的语气反驳到。

“发生在我身上的很多事情，都是我内心不愿意发生的！甚至连想都没有想过！怎么可能是我内心的愿望！”

“就是！我也一样。那些蜥蜴男什么的我心里从来没有想过！”利久也附和道。

“虽然你们没有想过或有过这样的愿望，但应该是都担心和恐惧过吧？煌，你一定想过，如果再这样穷下去，妈妈越来越不幸的话，应该怎么办才好吧。”老师注视着煌。

“还有你，利久，你一定常常也在担心自己要是比赛赢不了该怎么办吧。”老师又看了看利久。

就像自己内心最深处的秘密被公之于众了一般，煌和利久不知所措，一时说不出话来。

“不仅仅是愿望，担心和烦恼也是一种心理和情绪的活动。到底哪一部分会反映到现实中，这是由‘总量’决定的。你们想得最多、心里最频繁的情绪就将成为现实。”

老师继续说着，语气中仿佛这些话已经对不同的对象说过了成千上万次一般。

“虽然如此，但是很多人大多数的时候是没能察觉到自己到底想了些什么的。这就是说，意识是由本人能感知到的显性意识和本人无法感知到的潜意识两部分组成的。就像心理学家荣格[1]所说的，如果将意识中人能够感知到的显性意识比作冰山的话，显性意识就是露出海面的那一部分，而潜意识是隐藏在海面之下的。换言之，显性意识的比例不超过3%，即使在显性意识中你觉得自己很棒很优秀，但其余的97%的潜在意识中如果感到自己是个笨蛋的话，就会有越来越多的自己是笨蛋、自己不行的证据汇拢过来。这就会顺理成章地成为现实。在这个物理世界中，思考转换为现实要花一定的时间。而在这时差中，几乎所有人都没有意识到即将经历的现实是由自己的思考转换而来的。"

"可是，不管我怎么努力不也是白费力气嘛。就是因为我自己怕输，才真的输给了煌，没能拿到灵石的吧。"利久无可奈何地说道。

"难不成我也是因为每天都担心家里的经济问题、担心妈妈开不开心，才导致了妈妈卖掉了自己的戒指……"煌也一脸丧气。

为了点醒两人，老师继续说道，"那你们现在既然已经知道原委了，就可以重新做选择了呀。"

"重新选择？"

"是的。重新筛选思考的内容，不要担心，不要不安，更多地去'思考'你想成为的样子、你想要的东西。也就是说，脑中大量地集中地多想想自己的梦想就可以了。你们看看自己所经历的现实，就能发现一些自己从来没有意识到的思考主导了现实的走向。因此，如果你脑中还有一些不想它成为现实的想法和思考，就抓紧时间修正自己的思考

[1] 瑞士著名心理学家、精神分析学家，是现代心理学的鼻祖之一。他强调人的精神有崇高的抱负，反对弗洛伊德的自然主义倾向。

吧。改变了思考之后会有什么变化呢？简单来说，就是你们的‘频率’将发生改变。”

“频率？”

“基本粒子是构成物质和场的最小单位。世界上的一切生物和物质都是由基本粒子的振动而形成的。频率就是将基本粒子的振动数值化后的振动数据，所有的物质都以固定的频率振动。比如我们在城市和在农村会有不同的感受吧，这正是由于我们感受到了两地不同的振动频率。收音机的电波也是根据不同的频率来切换电台的。同样，你们这样的人类，也是不同的人，在不同的时间振动的频率是不一样的。你们所发出的振动频率是充满了喜悦，还是充满了恐惧，情绪不同，映射出的现实就会不同。也就是说，你们拥有着创造现实的能力。正因为如此，你们才更应该有意识地去关注自己释放出了怎样的频率和振动哟。”

“创造现实的能力！”

这句话让煌整个人都明朗起来了。老师说痛苦的现实都是自己创造的，虽然自己既不相信还莫名地很生气，但是，万一真的只要改变了自己的情绪，改变了自己的思考，现实就能改变的话……也就是说，创造幸福生活的能力掌握在自己手里！

此时，“自己”这两个字充满了能量！

虽然将信将疑，但煌下定了决心，如果自己真的具有无限能力的话，这次无论如何，一定要相信自己一次！顿时，煌的内心涌起一股希望。

利久听了老师这闻所未闻的理论却一时不知如何是好。它从根本上推翻了自己迄今为止深信不疑的概念和对事物的看法，可不是那么容易就能完全接受的。已经发生的现实是自己创造的？这简直就是胡说八道。老师的话反而在利久心底产生了强烈的反抗情绪，可是……利久转念一想，自己无法理解的事情，如果都不去尝试和体验就断然地下判断的话是无济于事的。老师说的是不是真的，只要试着去做一次就明白了。如果真的进展顺利的话也是万幸了。还有一点毋庸置疑的就是，要找到圣柜，老师的帮助是必不可少的。因此，利久暗暗下决心，为了得到圣柜，任何事情都要去尝试！

老师凝视着二人，脸上浮起一丝从未有过的微妙的神色。

"在这片森林里，思想转换为现实的速度可比你们原本的世界里要快得多哦。这一点，千万留心！另外，黑暗将军塔马斯派来的蜥蜴男大军，很有可能将把你们卷入从未经历过的超越冒险的残酷旋涡之中。怎么样？还要继续吗？现在后悔还来得及，两人还可以一起回原来的世界哟。"

"不，我要继续！"

"我……也继续。"

虽然煌此刻依然满心渴望着赶快逃离这里，但聆听了老师的教诲后，他开始意识到兴许自己这样的胆小鬼也能实现蜕变。如果放弃了这次挑战，自己可能会背着"懦夫"之名苟活一辈子吧。

"往往第一步是最困难、最让人感到恐惧的，就像踏上一座肉眼看不见的桥一样，这需要巨大的勇气。只要跨出了第一步，你会发现脚下的桥就真实地一步一步地铺设开来了，可以说是前人栽树，后人乘凉。这，就是勇敢者们的使命。"

老师的话撼动了两人的内心最深处，像是看穿了两人一般，大声宣示道，“年轻人们！勇往直前，去抓住你们的梦想！懦夫也能成为勇敢者！”

随之，像出现时一样，老师忽地消失了。

煌和利久开始继续向虹之峰进发。

没过多久，一座陡峭的斜坡出现在面前，挡住了两人的去路。看起来要登上去跨过这道斜坡非常困难，但似乎只有这样才能更靠近目的地。煌正这样想着，利久开口了：“这斜坡对待会儿可能追上来的那些塔马斯派来的手下来说，也是一道难以逾越的障碍。我们登上去吧。”

煌微微点了点头，带上小鸢开始拼命地往上攀登。这座斜坡，运动细胞发达的利久爬起来都有些吃不消，更何况手无缚鸡之力的煌，他不停地打滑摔倒，不一会儿就全身是伤。

爬到了斜坡最顶上的利久看着正吃力地往上爬的煌，不可思议地开口问道，“你，刚才说，要是拿到了神剑，你的愿望是帮你妈妈赎回戒指？”

“嗯，是……的……”

“为什么不许个跟自己有关的愿望？跟你妈妈相比，你身上的麻烦更多吧，在学校都被欺负成那样了。”

“我自己怎么样都行。”

“为什么呀？！”对煌那自暴自弃的口吻，利久费解不已。

“我，我……别无选择。因为我的原因，球类大赛才输掉的，大家生气也是情理之中的吧。”

“你就是个笨蛋！”利久诧异极了。

“刚才老师不是已经说过了嘛。心里的想法和思考都会映射成为现实。就是因为你心里想着被欺负了也没关系，现实才会变本加厉的。”

“嗯，是的，我也觉得是这样子的。”

“什么‘你也觉得’！天哪，看你这样子我就气不打一处来。”

“对不起。”

“你道什么歉呀！就是因为你老是道歉，才让人气不打一处来！你这个人，是不是明明就不是你的错，却总想着把责任揽到自己头上是吧？”

“可本来就是我的错。”

“你别这么想啊！球类大赛的事，确实是因为你太笨我们才输掉了，但是在用人和指挥上我也有责任啊，还有，要是球队之前能多领先一些，也不至于马上被对手反超。所以，为什么你要摆出一副输了球责任全在自己身上的态度。我觉得你这就是一种傲慢！”

“欸，我怎么就傲慢了？”

“总是一副‘我的错’‘都是我的错’畏畏缩缩的样子！就因为这样，你才会被人欺负！”

可为什么这就是傲慢了呢，原本你利久才是欺负我的罪魁祸首吧！煌涌起一股冲动想要这样反驳利久，可话到了嗓子眼儿又咽了回去。一直以来都是这样。煌从来没有试过痛快地想说什么就说什么，想做什么就做什么。

两人沉默着继续往前，过了不一会儿，分岔路摆在了面前。眼前的道路分成了左右两条。右边那条路还是一座陡峭的斜坡。相较而言，左边的路平坦得多，树木稀少，一路上洒满了阳光。

“这边吧。”利久朝左边的道路走去。

煌却停住了脚步。不知为何总有些不祥的预感。

“你怎么了？”利久回头问道。

“我感觉走右边的路比较好。”

“为什么？”

“没什么具体的原因，总感觉……”

“是‘源’提示你的？”

“这倒没有。只是一想到往右边走的话身体就自然而然有种轻飘飘的感觉……利久你也试试。”

利久又再次看了看左右两条路，“你看右边又是斜坡。你小子，还不得又摔个人仰马翻。”

听了这话，煌没有再回嘴，跟在利久后面也走上了左边的路。

走了不一会儿，这条路变成了陡峭的悬崖，两人小心翼翼的双手抓住身旁的树枝一步一步地前进。突然，煌脚下的岩石猛地崩落，一瞬间他想要抓住手边的救命树枝却抓了个空。

“小心！”

这时，利久急促的提醒也没了意义，煌从悬崖上摔了下去。小鸢急躁地狂吠不止。

等到意识恢复过来，煌才发现自己已经坠入了无底深渊。方才那座悬崖在自己头顶上遥远的地方，看也看不见了。他庆幸自己从这么高的地方摔下来还能活着。应该是树枝起了缓冲作用吧。

“利——久——！小——鸢——！”煌大声呼喊了无数遍，但没有任何回应。

“老师！老师！老师请您快出来!”煌害怕极了，近乎悲鸣般地呼唤老师现身，但依然没有任何响动。自己就像是被全世界所遗忘了一般，四周只剩下渗得人发慌的一片寂静。

煌闭上眼睛，试着用丹田呼吸，光球出现了。但是一等再等，也没有等到“源”发来的信息。

不知不觉中太阳落山，夜幕降临了。恐惧和孤独演变成了内心的恐慌。这时，煌感觉身后好像有东西在动，回过头去一看，几双红色的眼睛正渗人地发着光。莫非是被蜥蜴男们发现了！煌不禁毛骨悚然。定睛一看才发现，好像是狼群！这里肯定就是狼窝了。见这情形，煌瞬间吓得嗓子眼儿冒烟，鸡皮疙瘩起了一身。他拖着不停发抖的双腿颤颤巍巍地一边往后退，一边拼命地远离狼群，借着串在书包上的钥匙圈上的LED的照明和微弱月光，朝着虹之峰继续走去。

连白天都阴暗无比的森林，到了此时更是一片漆黑，在这黑暗中煌恐惧得双腿都不听使唤，可是停下来会更可怕。此时的煌，内心压抑极了，无数次想要放肆地哭喊出来。

他抹去眼眶里扑簌簌打转的泪水，拼了命地往前走了很久，终于走出了恐怖的森林，在明月的照射下到了一片宽阔之地。

煌好不容易松了一口气，可转瞬之间，分岔路又出现了。煌不知道该走哪边才好，于是停下了脚步。右边是凹凸不平的下坡路，左边的路通往一片草原。忽地，感觉走右边的路比较好。脑海中一想到走右边的路身体就轻飘飘起来。可是，煌的脑中又出现了另一个声音。

下坡路容易打滑，而且右边的路上全是岩石，摔跤倒也罢了，要是又摔下悬崖什么的可怎么办呢？

煌犹豫再三，选择走上了左边的路。

走着走着，眼前出现了一条河，月光反射到粼粼的河面上，分外凄凉。

此时，内心强烈的孤独感侵蚀而来。对煌而言，孤独是早已习惯的感觉了。妈妈外出工作留自己一人在家的时候是孤独，在学校里待在集体中的时候更是孤独，孤独的风从未停止狂掠过煌的身体和心灵。可是，直到此刻，尝到了这绝望而苦涩的孤独之后，煌才第一次意识到，原来“孤独感”膨胀起来后，人是会变得自暴自弃的。

只要能够挣脱这强烈的孤独，自己甚至宁愿去死。

就在煌的脑中闪过这个念头时，突然，前方的天空中成群的乌鸦向煌飞过来，朝煌的头上猛烈地攻击。害怕被乌鸦尖利的嘴啄到眼睛，煌本能地将脸横向一边，脸却被刺得既生疼又狼狈无比，护着头的双臂，更是被乌鸦们毫不留情地撕啄了一番。

不行了，果然我还是不行，不管怎么努力连自己都保护不了……

可是老师之前说过，在这森林里，想法会更快地转化为现实，告诉我们要千万留心自己的想法……如果我想着自己宁愿去死，会真的招致这样的现实吗……

此时，利久和小鸢一刻不停地寻找煌，已经筋疲力尽，在路边瘫坐下来。虽然正值盛夏，但阵阵寒气却毫不客气地朝他们侵袭而来。

利久站起来去拾捡柴火准备生火。

“小鸢，对不起……没能帮你找到那家伙……”

一旁的小鸢心神不宁，像是在继续寻找煌似的，在这附近急得团团转。

“咱们今晚还是缓一缓吧，这样继续走夜路去找的话很危险的。”

利久从帆布背包中取出一个甜瓜面包，撇下一半一边喂食小鸢，一边亲抚着它的脑袋。

“年轻人！你手里是？！我也要吃！”转眼间，老师突然现身，一口咬住了利久手里的甜瓜面包。

“老师！你帮我们救救煌吧！”

“甜瓜面包是我的最爱了，简直是百吃不厌啊，太美味了。”

看着老师这优哉游哉的样子，利久气不打一处来，咬牙切齿地质问道，“你知道吗，煌掉下悬崖了！你还在这儿吃什么呀吃！”

“我知道哦。煌现在生死未卜。”

“既然知道，你难道见死不救吗？！”

“我可帮不上忙。说不定，那孩子反而会因祸得福取得成为勇敢者的资格呢。”

“？！可说不定，他就要死了呀！”焦急地想要掐住老师的脖子一般，利久愤怒地逼问道。

“利久啊，自己想做的事情，自己又做不到，这种痛苦，你应该是很了解的吧。”老师凝视着利久的眼睛。

“……”利久无言以对。老师看穿了一切……

对利久内心的震动佯装不知，老师继续说道，“除非煌自己决定要放弃，否则我是不会出手救他的。”

“可是，您至少给点提示和建议也好呀！”

老师摇了摇头，“那孩子，现在，需要倾听自己内心的声音。”

“内心的声音？”

“不错。利久你是棒球高手吧？你做投手的时候，是怎么决定自己接下来要投哪种球的？”

“接球手会给我暗号，要投怎样的球，最后由我来决定。”

“那在你的内心里，是什么在做这个决定呢？”

“这个……这个我也说不清楚，反正就是凭一种直觉，感觉吧。如果不想投曲线球却偏偏勉强投了出去的话，结果也好不到哪儿去。”

“哈哈，就是这回事。你不也是倾听了自己内心的声音，最后遵从了内心的选择嘛。”

“可是，煌，不是能听见‘源’的信息吗？”

“不，这两种声音完全不同。内心深处的声音是人的身体所发出的暗号和信号，就像是内心的耳语一般，也可以说是一种直觉。你真不愧是优秀的棒球选手，早就学会纯熟运用自己的直觉。但是煌跟你不一样，他的人生到目前为止都是看着别人的脸色过活的，人们怎么做，他就照着别人做一样的事情，从来没有想过自己真正想要做什么。如果继续这样下去，等到上了年纪，他就会丧失倾听自己内心声音的能力。所以，现在，煌已经到不得不做出抉择的紧要关头，是决心要找回这样的能力，还是选择死亡。”

“原来如此？！就没有其他办法能救救他了吗！老师您不能帮他的话，我总能做点什么的吧。我应该怎样做才能帮到他呢，恳请您告诉我好吗？！”

“非常遗憾。能够让煌重生的只有他自己！”

“他胆子又小，一个人势单力薄的，要是‘源’也不帮他的话……”

一道利光闪过，老师死死地盯着利久。老师刀子般锐利的眼神让利久大吃一惊，不由得往后退了两步。

“思考会变成现实。你脑子里的想法有可能会帮到煌，也可能会毁了他！”

“我的担心会害了煌？！……”

“你心中由‘恐惧’而产生的担心，会推动煌的现实往更加消极的方向发展。但是，你是因为‘爱’才会想要祈祷他平安无事，祈祷可以将你的担心升华为正面和积极的情绪，因此，真正有力量的思考就是祈祷。”说着老师抱着甜瓜面包忽地消失了。

只见目瞪口呆的利久，乖乖地双手合十闭上了双眼。

“啊呜。”小鸢一声悲鸣。

意识渐行渐远。

这样就会死了吧。煌的脑海中浮现出这个想法。

好孤单……妈妈……好想见妈妈……

这时，河面开始闪闪发光。正想着兴许这是月光的反射时，妈妈花梨的影像出现在了河面上。她正在超市面试工作。一个老头儿看了看花梨的简历，笑嘻嘻地问道，“你，是单亲妈妈？晚上能上班吗？我们这儿正好缺一个夜间收银员，正发愁呢。”

老头儿的视线像是毒蛇一般缠绕着花梨，从脖颈子一直死盯着朝下打量。

“可是，我看到招聘启事上好像是在招白天的工作人员？”

“所以呢？”老头儿故意打断了花梨。

“实在抱歉，我家孩子还在上小学，晚上的工作恐怕……”

被老头儿无礼的视线盯得不知所措的花梨回答道。

“啧！”老头儿一脸的不满。“这可就不好办了哟。带着个拖油瓶的单亲妈妈，找个活儿干还要挑三拣四的怎么行。你为什么离婚的？老公有外遇了？”

“没，没有……”

“哟哟，可怜人儿呐。放着这么个大美人不要，真不懂你男人是怎么想的呀。”

花梨因为越来越尴尬而手足无措，老头儿那泛着红光的脸上却愈发油光发亮起来。

老头儿接着用施舍般地语气继续说道，“算了算了。破格把你录用了吧。一个人养个孩子不容易吧。一个人度过漫漫长夜，很寂寞吧？”

“不。有儿子陪我。”

花梨的反驳让他自讨没趣儿，老头儿突然变脸。

“你要是这么不配合的话，那就不好办了。又不想加班，孩子病了还得请假什么的，说起来这些都是你理所当然的权利似的。”

“可，我没有说这是理所当然的权利……”

“反正工作和儿子，哪个更重要。你，怎么想的？”

花梨站直了身体，“工作很重要，但是孩子对我来说是最重要的。工作完后回到家里，只要看见孩子的笑脸，身体就轻飘飘的，一下子就能放松下来，所有的苦和累都没有了。孩子给了我努力工作的力量，工作让我能安心地养育我的孩子。这两者都是无法失去的……”

“哼！”老头儿不满地嗤之以鼻，“别说了别说了。亏得你这张脸啊，否则谁敢有这么大的脾性。玫瑰总是带着刺呐。罢了罢了，今天开始上班。”把工作给了花梨的老头儿依然色迷迷地盯着花梨的胸部。

从老头儿的身体周围升起一阵黑色的烟雾，眼看就要吞没掉围绕着花梨的粉色烟雾了。

煌大惊。

这黑烟跟黑暗将军塔马斯想要夺走圣柜时出现的一样。

莫非这种坏心眼的色老头还会越来越多，妈妈这样心地善良的人将一个个被他们玷污。

要是真的这样……不行，绝不能让它发生！

努力养育我长大成人的妈妈，因为我的原因，跟她最爱的丈夫离婚了。

为什么，为什么我要来到这个世界上？

如果，如果现在我就死了……我的这一生，就是被人嫌弃、被人欺负、只会给人带来不幸的一生，仅此而已！不，我不要这样的一生！如果现在还有机会，我想要改变！我要改变！

煌从口袋里儿里掏出红色的灵石，灵石上的“恐”字在月光的照射下正闪耀着光芒。

一无是处的自己居然能得到这块灵石。这种喜悦，这种只有挑战者才能体会到的特别的感受，让此时的煌全身心振奋起来。

煌站起身来踉踉跄跄却无比坚定地向前走去。

不知走了多久，已到了黎明。前方的山被初升的太阳染得绯红。

脸颊依然钻心般疼痛，但同样刺痛着煌内心的孤独感却一点点消散。

一直以来，太阳公公都是煌忠实的朋友。不管在多么孤独的日子里，太阳都会照常升起。一想到这里，从煌的身体最深处不由得涌起一股诚挚的谢意。

谢谢你，太阳公公。这时，煌突然回过神儿来，昨晚月亮婆婆也一直在默默地为自己带来光明。啊！不管身处多么残酷的情境中，总有善意的援手伸向自己。自己居然无视了这些善意，被孤独扰乱了心智。这样一想，煌感觉身旁的树木好像也在跟自己问好，昨晚让他感觉无比疏远和冷淡的这片森林，此刻仿佛正在欢迎他的到访。

不一会儿，又走到了岔路口。

右边是郁郁葱葱的一片密林，左边是宽广的草原。

煌闭上了眼睛，在光球中沉静地深呼吸着。

走哪一边呢？他向自己问道。

一想着朝右边走，身体就轻飘飘起来。

脑中另一个声音又让他凌乱起来。右边是密林哦，可能还会碰见大蟒蛇。

煌又试着在脑中规划向左前进。此时，说不清什么具体的理由，但是有一种挥之不去的沉重感。他又试想着朝右走，于是心脏怦怦地兴奋起来。

怎么办才好……煌犹豫不定，这时，花梨所说的那句“只要看见孩子的笑脸我的身体就轻飘飘起来”浮现在煌的脑海中。身体轻飘飘的就是好的感觉，何不试着相信一次自己身体的直觉呢。煌做出了决定。

让人不可思议的是，越往右边密林的深处走，煌感觉身体变得越轻盈，甚至感觉快活到想要跳起来。

分岔路再次出现。这次，煌没有半点犹豫。只要想着往右走身体就不由得兴奋地飘起来。没错，朝右走！

走了没多久，一片开阔的湖出现在煌的眼前。

“哇……”煌深深地吸了一口气，重生了一般的崭新生命力涌上全身。

定睛一看，利久带着小鸢正走在前面不远处。

“利久！小鸢！”

“啊！煌！”

“汪汪汪！汪汪汪！”

煌激动地朝前跑去。

小鸢一阵风似的跑到煌身旁，尾巴像要摇断了似的欢快地又叫又跳。

利久也赶紧跑了过来。“你小子，早啊！”

“抱歉，让你担心了。”

“谁担心你了啊，我只是怕灵石被夺走了就麻烦了。”利久嘴上不说，心里却高兴极了。才没有担心呢，我做的只有祈祷。向佛祖，向耶稣祈祷，从天照大神[1]，到天使、女神、菩萨，一整个晚上，能想到的神仙我都祈祷了，终于把你小子给平安地唤回来了。

睡眠不足的利久，此时眼睛红得像只兔子。

煌告诉利久，“利久，在我不知道该走哪条路的时候，我都选择了

[1] 被奉为日本天皇的始祖（皇祖神），也是神道教最高神。

让自己怦怦心跳不已的那条，结果全走对了！”

“这就是Don't think.Feel！”

“欸？”

“不要思考，要去感觉。李小龙的名言哦！”

“李……小龙？”

“你居然不知道李小龙？电视里不是经常放他演的电影吗。功夫巨星哦！啊达！”

利久捡起两节树枝，假装双节棍作起势来，煌也模仿利久摆起同样的姿势，只是姿势便让煌感觉全身充满了力量，真是太不可思议了。

“啊达！”利久假装挑衅煌。

煌机敏地回身一闪，向利久反攻回去。在这你一招我一式的愉快玩耍中，煌的身体渐渐地轻盈起来。

怦怦、怦怦……

这时，老师出现了。一只手里还抱着那块甜瓜面包。

“老师啊，这面包，您怎么还没吃完呀。”

“这么美味的东西，可不能糟蹋了，要一小口、一小口地细细品味哟。”说着，老师突然“咻”地一下抱紧了煌。

“你的怦然心动罗盘已经启动了吗？”

“怦然心动……罗盘？”

“不错。每个人的身体都里都有。如果选择正确的话，身体就会怦然心动兴奋得轻盈起来，还能感到心怦怦直跳，这就是怦然心动罗盘哟。”

“嗯嗯，我就是做了能让自己感到怦然心动的选择，才能来到这里！啊，这样说起来，之前就是因为我无视了怦然心动的感觉选择了错误的方向前进，才掉落悬崖差点儿死掉的吧？”

“你的人生这么长时间以来都只会配合别人的步调，所以你的怦然心动罗盘才这么迟钝。怦然心动和七上八下一样都是能量的一种，当喜悦的时候，就会感到怦然心动、兴奋不已，但当不安和恐惧的时候，就会感到七上八下、害怕不已。”

“原来如此！”煌这时才恍然大悟，“在岔路口的时候，最开始身体兴奋轻飘飘的，但内心稍有犹豫和不安就真的七上八下起来，不知道到底该走哪条路好了。”

“所以要多加练习。一点一点地从微小的事情开始练习就可以了。比如香草味和草莓味，你想吃哪种口味的冰激凌呢？那就选择让你怦然心动、兴奋起来的口味。虽然偶尔也会失败，但失败也是一种学习呀。失败可是只有挑战者才能得到的一种智慧之本哟。”

“智慧之本？”

“每经历一次失败，就多长了一些经验不是吗？华特·迪斯尼[1]因为想象力不够丰富被报社炒了鱿鱼，爱因斯坦连大学都没考上呢。”说着，老师撕下一小块面包缓缓地塞进嘴里，不禁瞪圆了眼睛兴奋地大叫道，“太太……美味了，我要升仙了，哈哈哈——”

真是只怪青蛙！已经看惯了它“正经”的样子，这不正经起来居然也这么销魂。煌望着老师不禁吐槽起来。

---

[1] 美国著名动画大师、企业家、导演、制片人、编剧、配音演员、卡通设计者，迪士尼公司创始人。

就在此时，天空中落下一块橙色的灵石，正好落入了煌的手中。定睛一看，灵石上的“寂”字正灿灿发光。

“不会吧，又是煌的？！简直岂有此理！”利久愤愤地抱怨道。

老师继续说道，“只要连接上了怦然心动、兴奋的感觉，寂寞和孤独就会被治愈。当感到寂寞和孤独的时候，只要顺从内心做自己倾心的事，寂寞就会完全消解。”

“我从来就没有什么需要克服的‘寂寞和孤独’！这灵石居然不给我，太不讲道理了！”

看着歇斯底里的利久，老师意味深长地微笑着，“真的吗？真正需要克服的挑战可是隐藏在很深很深的地方哦。”

“年轻人们，保持你们内心的恐惧继续前进吧！恐惧不会惊扰你们的梦想。”

说完，老师又忽地消失了。

煌紧紧地握着手中那橙色的灵石思绪万千，涌上心头的并非成就感和喜悦，而是发自心底的感谢。

第三块灵石："黄"

湖的对岸就是虹之峰。湖水延绵直到虹之峰的山脚下。

煌和利久判断最快到达对岸的方式就是直接穿过这片湖。因此两人一块儿搜集木头准备制作木筏渡湖。他们将缠绕在树上的藤蔓取下编成了坚韧的藤带，随后用藤带将搜集的木头捆绑在一起做成了木筏。接着找来巨大而有韧性的树叶，大片大片叠在一起捆束成了船桨。每一样都是艰巨的几乎不可能完成的任务，能否最终成功过湖，两人心里都没底。但当看到木筏成功地漂起在湖面上时，两人高兴得又蹦又跳。

可是，这样简易的木筏随时可能沉没，为了减轻重量，利久要求煌把书包扔下。

"这恐怕！……"不敢明确拒绝的煌，背着书包摇了摇头，并没有一点儿要脱下书包的意思。

"为什么？你书包里不是都放的是些没用的东西吗？我带来的食物也不多了，乘上木筏之后咱们还可以捕鱼啊。"正用工具刀削着树枝以作鱼叉的利久说道。

煌流露出近乎恳求的语气，"这是妈妈攒了好久的钱好不容易才买给我的……”

“我明白呀，可是，我们必须要尽量减轻重量，抓紧时间争取早点划到对岸，你看这湖上没有任何遮挡，要是被塔马斯发现可就完蛋了。”

“我们必须乘木筏才能过去吗？……扔掉书包这实在……”

煌依然拒绝，并不由得“咻”地双手紧紧地拽住了书包的背带。这是妈妈送给自己最珍贵的礼物，但是书包背面还被同学写着“怪物”两个大字。一旦卸下书包，这两个字就会被利久看见。即便那字就是利久本人写上去的，但煌还是不愿意当着自己的面被人赤裸裸地看见这两个字。

“真是拿你没办法……算了，背上你的书包，我们走到哪儿算哪儿吧。”利久一脸无奈地跳上了木筏。煌和小鸢也站了上去，一时木筏像是要沉下去似地不停地晃动起来。两人小心翼翼地调整位置保持着平衡，好不容易才稳住了木筏，终于离岸缓缓地朝湖心划去。

庆幸的是此时没有风，湖面还算稳定和平静。一直保持这个状态的话，不管怎样，这艘简陋不堪的木筏应该还是能坚持一段时间的吧，两人想着并继续朝前划开了桨。突然，利久松开了手中的船桨，强忍着疼痛似地用左手按住了右肩。

“你怎么了？”煌关切地询问道。

这时老师出现在木筏上。小鸢激烈地摇晃着尾巴迎接着老师的现身。它似乎把老师当成了自己的同类。

“老师，这个木筏只能乘两个人，三个人的话会沉的。”

“哎呀没关系，沉了的话我就游泳嘛。”

“这不是重点好吗？！”

“小气鬼！”老师嘴里发着牢骚，却一边升起来浮在了半空中。手中还是抱着那块没吃完的甜瓜面包。

“塔马斯手下的蜥蜴男大军已经大举进入森林了。在塔马斯的黑暗力量影响下，这片森林里的气场已经非常不稳定了。你们俩中，不管是谁，要是不赶紧找到圣柜的话，麻烦就大了。”

老师的表情异常严肃。但不可否认的是，抱着甜瓜面包的老师配上这般严肃的脸总让人感到莫名的滑稽。

“塔马斯如果在这片森林里得势了，那你们原本生活的世界也将受到巨大的影响，你们的家人也会陷入前所未有的灾难之中。”

听了这话，煌不由得担心起妈妈花梨的安危，可利久却“哼”的一声，不以为然。

老师继续说道，“接下来，我将传授给你们成为勇敢者的最强有力的智慧。”

“是什么智慧？”

“之前我告诉过你们现实是你们脑中的思考所映射出来的，每个人不同的频率映射出了不同的现实，是吧。”

煌和利久点了点头，继续听老师的教诲。

“也就是说，想要实现梦想的话，只要提前知晓和掌控自身的频率就可以了。”

“提前知晓和掌控频率？”

“不错。你们想要过什么样的生活，想要有什么样的人生，就提前写好自己人生的脚本和梦想的故事。你自己就是主人公，按照主人公的人生轨迹去生活。”

“那要怎么写呢？”

“首先设定好自己的‘终生宣言’。所谓‘终生宣言’就是直截了当地总结自己一生的一句话。比如蔻蔻·香奈儿的‘终生宣言’就是‘被父母遗弃，从小在孤儿院长大，后在设计上大获成功，堪称女性自强自立的典范的一生。’只用一句话来宣誓自己的人生，这个概念更容易植入人的潜意识中。将这句宣言不断地说给自己听，不断地灌输和暗示给自己。所以，如果用一句话来宣誓自己的人生，你们将怎样定义呢？”

“我，我……”平时总是快言快语的利久突然间支支吾吾起来。

“煌，你呢？”

“我……”

“暂且用一句话形容一下你的梦想吧。例如，顶着一头蓝发的懦弱又自卑的少年想要变身勇敢者，借助与自己相连的‘源’的力量，做自己喜欢做的事情，过上自尊自主的生活，之类的？”

煌瞪大了眼睛吃惊地看着老师。原来老师早就知道自己蓝色头发的事情，还知道这头蓝发就是自己痛苦不堪的根源。

“蓝发？什么蓝发？”

煌慌乱不已。自己蓝色头发的秘密要是被利久知道了，那……简直连想都不敢想。他笨拙地想要岔开利久的提问，口中喋喋不休地絮叨起来，“成为勇敢者，成为勇敢者，然后，然后……”可是，连自己都说不下去了。

老师接过话头，“成为勇敢者，过上自信而快乐的生活？”

"欸……就是，这个意思吧。"煌尴尬地蠕动着嘴角。他强烈地感到这宣誓就像痴人说梦，心里如同撒了谎似的闷闷的。

"之前已经教过你们了嘛。要尽量控制心里闷闷不乐这种消极的念头。看来这些负面的情绪还是很顽固的吧？'我不行''我比不上别人''我是个笨蛋''要是我没来到这世上就好了'之类的……"

说着，老师将视线转向了利久，这时煌才松了一口气，他隐隐地感到自己的一切仿佛都被老师看穿了。

"要破除掉那些消极的念头，最好的方法就是完全进入角色中，把自己当成真正的勇敢者。勇敢者会做出怎样的选择？勇敢者会讲些什么？会怎样行动？吃些什么？跟哪些人交朋友？试着进入勇敢者的角色去生活。就像演员扮演角色一样，进入你想要扮演的角色中，调整为那个角色的频率。懦夫有懦夫的频率，勇敢者也有勇敢者的频率，因此只要改变了自身的频率，懦夫也能变身成为勇敢者。当然，受伤的英雄想要重新振作起来的话也是一样调整频率就行了。"老师注视着煌和利久，继续说道，"要想改变频率，就得改变自己的思考，但最快的方式是改变自己的行动、改变自己的语言。"

"改变行动——"

"如果你想成为有钱人，那就试着穿上有钱人穿的衣服。太贵了买不起的话，哪怕是借来穿一下，也要去试着感受穿上它的感觉，记住并习惯这种感觉。如果你想成为歌手，那就试着去站上舞台。如果想要一个温馨的家，就试着去样板间里体验一下居住的感受。如果结婚以后想要孩子，就试着多跟年轻妈妈们交朋友。总而言之，就是要主动地去提前知晓和掌控频率。只要做到这一点，就能帮助你们更早地创造出现实。那么，勇敢者的言行应该是怎样的呢？你们觉得勇敢者会把‘我不行’‘做不到’这些话挂在嘴边吗？”

“好像是不会。”

听了老师的一席教诲，煌顿时感到这就像“捉迷藏”一样有趣。老师也似乎看穿了煌心里的小波澜，继续鼓励道，“频率能够转换为物质表现出来，就构成地球这个三维世界。这个蓝色的美丽星球是能够开展物质化游戏的乐园。通过你的所思、所言和所行，你所发出的振动的频率就会改变，这样一来，所创造出的事物和现实也会改变。每天都以自己的‘终生宣言’为指引，每一步都做出能让自己怦然心动、兴奋不已的选择，这样，如你的人生脚本上所写的你所期待的未来终将到来。”

老师像是确认两人是否真的理解了自己的教诲似的凝视着两人，“年轻人，内心怦怦的悸动将为你们带来未知的梦想哟。”

说完，老师又忽地消失了。

煌暗暗发誓，要竭尽全力试着做一个勇敢者！可能在进入角色的过程中真的能越来越接近勇敢者，也可能变成一个谎话精自欺欺人。但是，即便如此，勇敢去尝试总归要好过永远做一个胆小鬼！

“利久，咱们午饭就捕鱼吃吧。”

“欸欸……”不知怎地利久突然话变少了，一个人闭着眼睛也不言语。

煌脱下书包，又脱下T恤盖在书包上，拿起鱼叉，在木筏上摸索着保持平衡慢慢站了起来，“我去捕鱼。”

“你不是说你从来没用鱼叉捕过鱼，一点儿自信都没有吗？”利久忽地睁开眼睛，不可思议地看着煌。

只见煌挺起了平时总是蜷缩着的胸膛，撑了撑肩膀，像一个勇敢者一般庄严地说道，“我相信我能做到！我来捕鱼！”

“你还真的把自己装成勇士啊，想得真简……单……”利久一脸的不屑。

要修复自己的玻璃心！勇敢者是不会因为这样的揶揄而改变自己的！

煌骄傲地抬起头，俯视着利久，“我这就去捕鱼来送给你！”说着，扑通一声一头扎进了湖里。

煌忽地感到，虽然这些台词有些造作，但说出口来后却意外地感到心情愉快。一想到勇敢者的“角色”，就总感觉能自然而然地说出这些话，不，是感觉自己好像什么都能做到！

湖水冰凉又浑浊，水下的视线模模糊糊看不清楚。煌的背脊一阵发凉，不停地打着寒战。突然产生了想要放弃的念头，但犹豫之后他又咬紧了牙关，不断地在心中向自己默念道，“勇敢者不怕冒险！”

一将头探出湖面来，那时不时跃出湖面的鱼却像捉迷藏似地藏身起来。煌只得深吸一口气，继续潜入湖中。

只见水中闪闪发亮的东西在轻轻随波浮摆，煌好奇地游近后定睛一看，只见那亮光突然像受了惊扰一般砰地剧烈晃动开来，看起来就像是一条巨大的尾巴。大吃一惊的煌慌乱地拼命浮上水面来。

“湖里有东西！巨大的，就像一条蟒蛇！”

看着吓得一脸苍白的煌，利久忍不住调侃起来，“勇敢者还怕什么蛇呀。赫拉克勒斯[1]还是个婴儿的时候，就轻松地制服了攻击他的毒蛇哟。”

“咱们还是划回岸边去吧！要是被那大尾巴攻击了，这筏子铁定沉没的！”

煌又像往常一样退缩了，颤颤巍巍地正要向利久求助时，他挣扎着忍住了。他突然感到，到了现在如果还只会懦弱地求人的话，自己这一生就真的没救了。与其这样，还不如狠下决心像一个真正的勇敢者一样直面困难，哪怕就一会儿，结果一定会有所不同的！

首先要有勇士的样子！嗯！此刻，我就是勇敢者！

只见煌敏捷地跃上木筏，麻利地拿起桨往岸边划去。一旁目瞪口呆的利久也不好意思地慌张地帮忙起来。

“老师说的话，你当真？”

利久一脸认真地询问，煌也转过头来严肃地看着利久。

“我只是在扮演勇敢者的角色。怎么可能想成为什么就真的能成为呢。要是这么容易的话，真正的勇敢者就不用经历那么多痛苦和磨砺了。”

“我也不知道老师说的是不是真的，但是，我还是想试试看！”

---

[1] 希腊神话中最伟大的英雄，是主神宙斯与阿尔克墨涅之子，因其出身而受到宙斯的妻子赫拉的憎恶。他神勇无比、力大无穷，后来他完成了12项被誉为“不可能完成”的任务，除此之外他还解救了被缚的普罗米修斯，隐藏身份参加了伊阿宋的英雄冒险队并协助他取得金羊毛。赫拉克勒斯英明一世，却最终遭赫拉迫害，难耐痛苦而自焚身亡，死后升入奥林匹斯圣山，成为大力神，他惩恶扬善，敢于斗争。在今天的西方世界，赫拉克勒斯一词已经成为了大力士和壮汉的同义词。

“你这个人，怎么就这么容易相信别人呢？”

“这，这可能是因为我本来就一无所有吧。我不像利久你，棒球打得好，走到哪儿都讨人喜欢。如果没有来这森林里，我就只是一个懦夫，说不定以后还将永远是个懦夫。所以呀，我愿意试一试，哪怕最后一场空，对我来说也没有任何损失不是吗？”

说完这一席话，煌自己都觉得不可思议。活到现在，像这样直接发表自己的观点，从来没有过，哪怕一次也没有。以前总是对自己的感受和思考没有半点儿自信，话到嘴边往往又咽了回去。此时，煌看到了自己的变化高兴不已，心中似乎涌起一股更加强有力的力量。

“展现自己”，真是充满了力量！对了，“行动”和“语言”可以说都是“展现”吧。只要积极地去展现，内心的力量就会倍增。兴许这样的“展现”正好能增强老师所说的“振动”的效果吧。

抵达岸边的煌，赶紧从书包里拿出素描本和彩色画笔开始画了起来，一股想要“展现”的冲动涌上心头不可抑制。很快，画纸上呈现出手持神剑、成为勇敢者的自己，戴着戒指的妈妈和小鸢。当然，成为勇敢者的煌是一头黑发。他一边画着一边嘟囔道，勇敢者才不可能是一头蓝色头发吧。

接着，“愿景”这个词迸发在煌的灵感中。这时，他又突然感到莫名地想吃芒果。

就像有另外一股力量在指引自己一般，煌快速地在画纸上画出了美味的芒果沉甸甸地挂在树上的情景。

不可思议的事情发生了。如画中的情景一样，两人头顶的大树上结出了满满的芒果。对了！老师曾说过，在这片森林里，思考将会更早更快地转化为现实。

“利久、快看！快看那是什么！”煌兴奋地指着芒果想要和利久一起分享来自“源”的智慧。可是，利久却瞥了一眼画后淡淡地嘟哝道，“无聊！”

“欸？”

“你多了不起啊，已经得到两块灵石了。要是像你这样的胆小鬼都能成为勇敢者的话，我的梦想应该更容易就能实现。”

“嗯嗯，我也觉得！”

虽然利久故意找茬儿，但煌却两眼放光坚定地说道，

“那是当然了！思考就是心里能够创造现实的一股力量。利久，只要你心中有坚定的梦想，那就一定会实现的！”

“……你是青蛙老师的信徒吗。”

煌毫不灰心，“你，试试看吧！利久，你想怎样写你的人生脚本？你的终生宣言是什么？你出生在医学世家，棒球又打得好，你想以后成为职业棒球选手吧？”

“别说了！”

利久激动地大喊一声，这让煌吓到手足无措。

“你少管我的闲事！我自己的事我自己知道！”利久说完背过身去。

望着利久的背影，煌一时间摸不着头脑。

凡事都比煌优秀的利久，一直以来都是煌心目中全能的英雄。为什么突然生气？难道他有什么苦衷吗？煌虽然很想问清楚，但却怎么也开不了口。

看着一旁摘着芒果的煌，利久也转身走过来默默地帮起忙来。

两人的书包和帆布背包已经塞得满满的了，可树上还有好多好多芒果。

“噢，太神奇了！简直不可想象，居然能收获这么多新鲜水果。”

利久打断了正感动不已的煌，“我才不信呢，再怎么改变自己的思考也无济于事。”

这下煌可犯难了。虽然自己也还没有完全相信，但一定要创造奇迹让利久信服。

煌想了想，拿起素描本开始画了起来，煌将自己的书包画成了喷射着火焰的火箭，煌正乘着火箭飞在空中。

利久看了看画却嗤之以鼻，“这种科幻故事里才有的飞行器，现实中怎么可能有？”

“也帮我画一幅堆积如山的甜瓜面包怎么样啊？”老师又出现了。“将愿景通过绘画的方式映射在大脑中，这是将想法变成现实的最有效的方法之一哦。”

“老师，您就是‘源’的使者吧？就像神一样的是吧！不用拜托煌，你也能自己变出无数的甜瓜面包吧！”

“怎么可能呢，这我可做不到……”老师略带忧伤地叹了叹气，“如果只是为了满足自己的欲望，能量就是无效的。”

“欸……原来也没那么神奇嘛。可是，如果真的无效的话，那不管我们扮演什么角色都没用了是吧。”利久不满地反问老师。

“你的肩膀——？”老师皱了皱眉头。

利久脸上难掩痛苦的神色。

煌注意到了。利久的右肩似乎很痛。他明明就是右撇子，可一路以来拿球棒也好，撑浆划船也好，却都是用的左手，难道是故意在保护右肩？

“你脑中看见右肩痊愈的愿景了吗？”煌焦急地插嘴道。

“看见了哟！人生脚本也写好了，终生宣言也组织好了。还试着装作肩膀已经治好了！老师说的所有的方法我都照做了！可是一点儿也不见好转！这样子下去，肯定与全国决赛的冠军无缘了！”

利久所在的队伍马上就要迎来全国决赛了。如果获胜的话，就能去美国宾夕法尼亚州威廉斯波特参加世界大赛了。正因为利久这么长时间以来的努力和拼搏，队伍才一路战胜劲敌，挺进决赛。如今，他的肩伤几乎就意味着全队决赛的败北。

“利久，你的肩伤可不能一直这样耗着啊。”

老师的语气从未如此严肃过，利久低下了头，一言不发，脑袋沉沉地抬不起来似的。

“你再这样硬撑下去的话，你的肩伤只会越来越严重。应该赶紧做个详细的检查。”

“我知道！啊——不要说了，这些我知道！我的肩膀早就劳损了！医生说再这样下去可能会截肢！可是，如果被队里知道了，我肯定不能首发出场了！要是这样还不如要了我的命！老师，现实是自己的心愿映射出来的是吧！可我没有想过肩膀要受伤，没有想过打不了比赛啊！我的梦想是成为职业棒球手！很小很小开始，我就放弃了一切，一心专注在棒球上！因为这点儿肩伤就要剥夺我的梦想，我真的无法接受！”

一直以来压抑的情绪瞬间爆发。

老师的眼睛眯成了一条缝，严肃中又透着一丝亲切。“利久呀，你就暂时不要想着治愈肩伤了吧。”

“欸？为什么呀？！那样我就会失去一切呀！”

“思考如果无法映射成为现实的话，就是提醒你最好暂时不要想着此事了。可能是时机不对，也可能是肩伤什么的本来就不是真实存在的，其中总有原因的。现在开始，不要再想着治愈肩伤，你的灵魂才会成长。这是‘源’给你的提示哟。”

“什么才会成长！我才不要这样的成长！”

“也许现在你还不能理解。但是，人们不是常说‘不幸’是通往‘幸福’的必经之路嘛。也就是说，很多时候‘幸福’可能是伪装成‘不幸’来到我们身边的。只要你的灵魂能实现巨大的成长，它一定能将你带到你无法想象的高度。到了那时，你一定会感恩，要是没有当时的不幸，一定不会有现在的自己。”

“这些我不要，我都不要！我只想继续打棒球！其他的天大的幸福我都不要！”利久愤怒地望着老师。

煌也在一旁急得一筹莫展，正想开口时，只见老师又如往常一般，丢下一句话后忽地消失了。

“年轻人，即使恐惧也请继续前行！梦想会唤醒你的！”

“可恶！”利久决然地将左手里握着的芒果狠狠地摔在了地上。

柔软蓬松的果实炸裂开来，在地上碎成一摊。煌不禁感到，这就好像利久的心一样。

“让我一个人静静！”说完，利久背过身去往森林中走去。

小鸢嘴里“呜……”地目送着利久走远。

望着利久远远走去的愤怒的背影，煌又打开了素描本开始描绘新的图画。

利久愤愤地在森林中走着，越想心中越难平静。自己从小到大都是同龄人中最优秀的。可是，到了这森林里，一直以来的做法好像行不通了似的。两块灵石都已经被那个傻里傻气的小子得到了。再这样下去，圣柜岂不是也要落入他手了吗。这样想着，利久越发焦躁起来。

他蹲下身来，紧紧地抱着脑袋。

森林的寂静像墨汁一般侵入他的每一寸身体。

回去之后，真想打一场棒球呢。利久的心中已经怀念起棒球场的喧嚣来了。可是，除非找到圣柜，否则自己的棒球生涯将就此终结。这是一天天越来越疼的肩伤发出的警示。

两周之前，利久发现了自己肩部有一个巨大的硬包块。虽然很早以前就开始隐隐作痛，但为了提高成绩利久依然强忍着疼痛，不断加大投球练习量。兴许是因为用肩过度，结果原本的小疙瘩以惊人的速度迅速长大。利久没有去父母经营的医院，而是特意坐长途汽车到横滨的医院进行了检查。他一心只想着，这事绝对不能让父母知道。

前天，检查结果出来了，硬包块是肿瘤。医生面露难色地告诉他这病非常罕见，也说了病名，可利久记不起来了，这也不重要了。“赶紧联系你父母。这样下去肿瘤继续长大就危险了，必须得马上手术。”医生威胁似地命令利久。当然，医生还警告了他禁止打棒球！可是，利久已经下定了决心，哪怕是死也要出战全国决赛。如果能拿下少年棒球联盟全国决赛的冠军，然后挺进世界大赛，应该就能改变一直反对自己打棒球的父亲的看法吧。而且，世界大赛从来就是选拔职业棒球选手的摇篮，一直都备受关注，能打进世界大赛就离梦想更近了一步，是不能也不可错过的绝佳的机会。

可是，拖着现在这肩膀上场，还能再投球吗？

苦恼的利久忽地抬起头来，眼前正站着一个披着黑色斗篷的人。上半张脸上戴着一顶纯白的面具。面具上挖空的眼洞里，一对让人毛骨悚然的冰冷的眼睛正盯着利久一动不动。

面具下方的嘴角突然动了起来。“利久，我来接你了。”

“？！你是谁？”

“我是塔马斯。”

“你就是黑暗将军塔马斯？！”

“是的，人们也这么称呼我。”

“你接我干什么？你也想找到圣柜，我们不是敌人吗？”

肩上的肿瘤已经毁了自己的未来。想到这里，利久像是破罐子破摔了似的，面对眼前这个意欲统治世界的黑暗将军，他却没有丝毫的恐惧与胆怯。

“你不是敌人，你是我们的伙伴。”

“胡说八道些什么！我对你们这些坏蛋可没兴趣。”

“真的吗？厌恶、憎恨、争夺，你不是一直在干着这样的事吗？”

“你说什么？！”

“想赢、想要被认可、想要被崇拜。这些难道不是你一直以来的夙愿吗？你就是将这些愿望当做自己的能量和动力，才支撑着你一心一意地打棒球，一心一意地学习吧。”

“不明白怎么从你嘴里说出来，我的努力反而成了一种罪恶，真是可笑至极！”

“罪恶有什么不好吗？欲望是带领你爬得更高的原动力。只有忠实于自己欲望的人才能更快地取得成功。跟我来吧！我们会借给你力量！这样，你就能拥有更强大的实力，轻轻松松地通过球技征服全世界人的心。”

“为什么是我？为什么你们要拉拢我这么个小学生？这太让人费解了。”

“因为你能帮我们从另外一个人手中夺回灵石。”

“你们不会自己去吗？我可没兴趣帮你们跑腿。”

“别嘴硬了。你要一直这样子下去，那就将永远生活在哥哥的阴影……哦，不，如果连棒球都不能打了，你，利久，就将成为你们家最大的耻辱。”

“胡说八道！你懂什么！”

煌忙着用芒果把怀里的书包塞得满满的，终于赶上了利久的脚步，急匆匆一跑过来正好看见利久在与这个穿着黑色斗篷的人据理力争。他看了看表情僵硬的利久，不由得停下了脚步。

这时，黑色斗篷里传来一个低沉的声音，“我什么都懂。就是你的憎恶把我呼唤到这里来的。”

“憎恶？！”

“不错。和你堪称完美的哥哥相比，你这个弟弟是样样都不如啊。”

“你……你说什么？！”

“这可不是我说的。这难道不是你父母经常对你说的吗。向你哥哥学学吧！你看哥哥凡事都能轻松处理好，而你为什么就做不到呢？哥哥考入医科大学即将成为医生，而你就打算一直打棒球吗？哥哥像你这么大的时候，已经会这样了，会那样了。你哥哥呀……”

“别说了！”利久双手堵住耳朵激动地大喊道。

“你不愿意放弃打棒球，是因为你只有在这一点上才能赢过你哥哥。他现在就读于日本分数最高的医学名校，毫无疑问你哥哥将如父母所愿成为一名优秀的医生。为了和这样优秀的哥哥对抗，你无论如何也想拿到全国决赛的冠军吧。只要你跟我合作，你那外强中干的哥哥根本就不是你的对手。来吧，我帮你实现你的夙愿，一起惩罚你的哥哥和根本就不爱你的父母吧。”

利久抬起头来望着塔马斯。双眼通红，充血了一般。

“我从没想要赢过哥哥……”

面具底下那双神秘的眼睛凌厉地打断了利久的否认。“你没想过？你没有嫉妒过你哥哥？你内心没有一股暗火想要将你哥哥燃烧毁灭掉？”

仿佛自己拼命隐藏的秘密突然暴露了似的，利久的脸僵硬到惨白。面具下方的嘴角得意又冷冷地扬了起来。

“我……我……哥哥他……”

“你喜欢哥哥吗？”

面具男继续咄咄逼人地攻陷利久，“你才是更应该得到认可的人！让我来帮你！”

“我……”

“别嘴硬了。一直这样下去你永远赢不了你哥哥，一辈子只能做他人的陪衬。”

利久愤怒起来，一张脸绷得通红，“咻”地攥紧了拳头。这一切都没有逃过塔马斯的眼睛。他双手捧起利久紧握的拳头，“跟我走吧！”严肃又伪装着亲切地扶起利久的身体，想要带走利久。

“利久！”

循声回头望去，只见煌一路径直快跑过来。此时，塔马斯从怀里掏出手枪毫不犹豫地对着煌扣动了扳机。

“砰！”

煌倒下了。

“煌！煌！”

关切又心急的利久被塔马斯紧拽住胳膊，动弹不得。这时，细细的胳膊不知从哪涌起一股力量，他强韧地努力挣扎着，想要挣脱塔马斯的束缚。

“等一下！”只见煌挣扎着站了起来。子弹正好打在书包的小五金上，救了煌一命。

突然，书包底部喷射出一股气流，书包渐渐升腾起来。煌大吃一惊，本想松开拽着书包的手，但忽地回想起刚才自己画的画。为了不被书包抖落下来，他拼命地死死拽住了书包。这时，惊慌的塔马斯又向煌连开几枪。

“住手！打中了他会死的！”

塔马斯贴近狂叫的利久的耳边，恶狠狠地低声说道，“我就是要他死！他死了灵石就是你的了……应该成为勇敢者的人，是你！”

“你给我住手！”利久用尽了浑身力气终于挣脱了塔马斯的魔爪。

听了塔马斯低沉又神秘的声音之后，利久的脑袋一阵嗡鸣。

“哼，原来如此，你这个伪善者！”恶狠狠的塔马斯冷冷地举起手枪对准了利久。

乘着书包的煌已经升到半空中，他从书包中掏出芒果一个个砸向塔马斯。芒果在塔马斯的面具上碎得稀烂，果汁飞溅到他的整张脸，甚至流进那毛骨悚然的眼洞里。

砰！

一声剧烈的枪响，子弹从利久身旁飞过。利久敏捷地往森林深处逃去。

煌一个接一个地将芒果砸向塔马斯。

“本将军绝不会放过你！”塔马斯歇斯底里地叫道。

这时，突然间电闪雷鸣。转眼间一个响雷劈在一旁的树上，暴雨倾盆而下，一时间，又狂风四起。一场暴风雨猛烈袭来。

“这暴风雨就是我的愤怒！我的愤怒可以毁灭全世界！你小子给我记住！我是不会轻易放过你的！”塔马斯低沉地怒吼着，接着跳上了一辆不知从哪儿冒出来的四轮驱动车。

慌乱中，煌与落荒而逃的塔马斯视线碰撞在一起，看到塔马斯眼神里那强烈的憎恶与愤怒，煌不由得全身一紧，吓得脊背发凉。

结束了战斗，从书包上下来的煌，双腿被飞散的弹片击中，已经血迹斑斑。

“啊……”煌脸上露出痛苦的神色，小鸢在一旁急得团团转。

这时，利久跑了回来。“你真的受伤了吗？！”

“好像是的。”煌强忍着疼痛勉强笑笑说。

利久顺手捡起一旁的煌的书包，无意中瞥了一眼书包上写着的“怪物”两个字，若无其事地走到煌跟前半蹲下来，“上来，我背你！”

“什么？”

利久望了一眼惊慌的煌，“我说我背你！”

煌更加不知所措了。从来没有同龄人对自己这么好过。

他尝试着倾听内心的声音，面对这种情况勇敢者会怎样做？

“勇敢者啊，会毫不犹豫地接受别人的帮助。”内心的声音告诉煌。

于是，他小心翼翼地跳到了利久背上，利久一步一步顶着风雨往前走去。

暴风雨越来越急，越来越猛。

但是，煌的心里却暖洋洋的。原来，接受别人的帮助，心里会暖滋滋的。

走在前面带路的小鸢突然汪汪叫起来，两人顺着叫声走上前去一看，发现一个洞窟。

幸运的是洞窟里堆放着很多可做柴火的树枝。利久麻利地生好火后，脱下全身湿透的衣服烤起火来。接着他从帆布背包里拿出铅笔盒，打开铅笔盒拿出一个小镊子，对煌说道，“我帮你把弹片取出来吧，可能有一点儿痛……”

一脸苍白的煌微微点了点头。

“我是真的吓了一大跳！”利久一边小心翼翼地夹着弹片，一边不可思议地说道，“你那书包，居然真的飞起来了，太神奇了，这里该不会是什么魔法森林吧？”

“嗯，我也大吃一惊。不过，还是多亏了它……”煌环抱着双膝，说着轻轻地摸了摸身旁的书包。

“可是，你，你为什么要救我？”利久故意不看煌的眼睛，“你自己可能会死掉的。你为什么还救我？”

“也没有什么特别的原因，只是我想着绝不能坐视不管，身体自然而然就动起来了。”

“你难道不害怕吗？”

“真的很不可思议欸……”煌也难以置信，“可能是因为拼尽了全力吧，一点儿也没觉得害怕。”

“你再也不是糯米团子了。”

“欸？”

“老师不是说了嘛。胆小鬼就是软趴趴的糯米团子。”

“啊！真的欸！我再也不是软趴趴的团子了！”

两人互相看了一眼，利久忍不住“噗”地笑出声来，煌也笑了。就这样两人毫无由头地捧腹大笑起来。笑得前仰后合的煌一不小心将受伤的脚粘到了地上的土，瞬间皱起眉头尖叫道：“啊！好痛！”这一声叫后，不知为何，两人觉得更好笑了，又止不住地大笑起来。似乎是从刚才戏剧化的危机中缓过神儿来，两人紧绷的神经在这笑声中才稍微放松下来。

“煌，你画一幅脚伤痊愈的画吧。将愿望画在画纸上可以更早地转化成现实不是吗。我也帮你一起祈祷。”

“利久……?”

“那是叫愿景吧？两个人一起祈愿总比一个人有效吧。”

“嗯，很快就能痊愈的。我相信！”

“你可真单纯。”笑着，利久又补充道，“正因为如此，你的愿景才总是那么有效吧。”

“欸？”

“凡事你都很单纯地相信是吧？所以你的愿望总是能很快地转化成现实。如果愿景真的能映射到现实，与其将信将疑，还不如百分之百地去相信，这样更有力量不是吗？”

“嗯。确实如此！一定就是这样的！我就是百分之百地相信着！”说着，煌展开了自己的素描本。这是在利久说完想一个人静静跑去森林里之后画的画。画上画的是利久，站在威廉斯波特世界大赛赛场上的利久。他挥动着球棒全力击打从肩上飞来的棒球，全无肩伤的痕迹。

“煌……”利久哽咽着，“你为我画了这些……我该……我该怎么……”

利久惊喜又感动，不敢看煌的眼睛，眼泪在眼眶里打转。

想要掩饰自己的情绪似的，利久一个劲儿地不停地往火堆里加着柴火。

“轰！”火堆越燃越旺。

利久目不转睛地看着火焰说道，“煌，你是不是一直认为是我把你的室内鞋藏起来的，是我在你书包上乱涂乱写的？”

没想到利久会突然问起这事，煌一时不知道该怎样回答。

沉默代表了肯定。

“可是，我没有做过。”说着，利久走到煌面前端正地跪坐着并埋下了头。“对不起，我做了旁观者。没有阻止他们也是一种霸凌。我真的非常差劲！真的，非常抱歉！”

煌像是喉咙被什么堵住了一般一句话也说不出来。默默地看着将头埋到地面的利久，不知不觉泪水模糊了视线。煌不停地擦拭着扑簌而下的泪水，想要开口说些什么，可转眼又被泪水迷了眼睛。

小鸢好像感觉到什么似的，跑来跑去，来回亲昵地蹭舔着两人。

利久拿出手绢，用小刀撕裂后做成了绷带，打算帮煌包扎伤口。煌的双腿满是伤痕。

“伤成这样子……肯定很痛吧……”利久仿佛自己感同身受着这疼痛似的。

看到利久的关切，煌的心中充满了感恩，身体的疼痛也好像没那么剧烈了。

“不好意思，我又来了。”老师出现了。

利久依旧毫不客气地顶撞起这位说话飘飘忽忽的老师来，“你来干吗！小老头！”

“哎呀哎呀，什么小老头啊！人家怎么着也是‘源’的使者嘛。”

“刚才煌差点儿死了你知道吗！塔马斯用手枪攻击他！”

“知道，知道。”

“你知道？！然后也没想着出手相助？！”

“嗯，是的。”

“为什么？！你要是能帮帮忙的话，煌也不至于这样满身是伤了呀！”

“之前不是说过了嘛，我要是出手帮忙的话，你们就将失去成为勇敢者的资格。”

利久眼看就要爆发的怒气又压了回去。

老师继续说道，“而且，我是不能和塔马斯出现在同一空间的。”

“这是为什么呢？”煌不解地插嘴问道。

“塔马斯的频率太狂乱，我的频率是很细腻的。频率南辕北辙的人是不能同时待在一起的。”

“可是，我们跟塔马斯直接面对面了。”

“因为你们身上存在跟塔马斯一样的频率呀。憎恶、仇恨、支配欲，之类的吧。”

“……”煌和利久都沉默了。老师说的没错。两人确实并非一片纯洁的圣心，心中偶尔会有老师所指出的负面的感情掠过。

“所以啊，频率是非常重要的。和恶的频率强烈的人待在一起的话，自己心中恶的部分就会被引出来，而且会越来越壮大。反之亦然，和善良的人在一起，自己内心的慈悲就会产生共振而被激发出来。可以说这是一种物理现象。内心丰富的人都拥有自己独特的频率。也就是说，如果你想成为一个内心丰富的人，那么就多跟这样的人待在一起吧。渐渐地，你的频率就将受到他的影响，结果就是，你自身所发出的振动频率也将变得越来越丰富，并且映射成为现实。这就是今天早上教给你们俩的，进入你所想要扮演的角色中。”老师一口气说完后，像快要断气了似的“呼”地大舒一口气。

利久站了起来，“我明白了，不能凡事都向老师求助。所以，要靠自己的力量守护圣柜不落入塔马斯之手。一想到世界将被那种坏蛋支配就不禁毛骨悚然。他抓住人们内心的弱点和欲望乘虚而入，想要操作人心，真是太恶心了！我要努力创造一个所有人都能幸福生活的世界！”

煌觉得挺起胸膛的利久真是太酷了。因为他全身上下都充满了勇气！

如果真的存在“勇敢者的频率”，这不正是此刻的利久吗！

“了不起！”老师笑眯眯的眼睛眯成了一条缝。

这时，天空中悠悠地飘下一块黄色的灵石，正好落入了利久的手中。

大吃一惊的利久难以置信地慢慢张开手掌，灵石上刻着的“怒”字正闪闪发光。

“这……这是什么意思？！”

“这是第三块灵石——‘怒’。你，是你改变了愤怒的性质。”

“改变了愤怒的性质？”

“就是让愤怒不再是愤怒了。你学会了将愤怒化成前进的原动力。人们都不喜欢愤怒这种情绪，常常因为愤怒而伤害了身边人。如果不能正确处理的话，愤怒是相当危险的。正因为它很危险，所以也具有巨大的能量。如果能正确使用这种能量的话，它将成为帮助你达成目的的最强有力的推动力。这第三块黄色的灵石，能够帮助你找回对他人和对自己的信赖。”

“哇！”利久吃惊地望着老师，“也就是说，我再也不会因为愤怒而伤害到其他人了吗？我很担心自己不知道什么时候又会爆发……”

“利久，你已经学会了怎样控制自己的愤怒了。没有必要刻意地去压抑这种能量。讨厌这种情绪，想要去压抑它反而会爆发出来。但是，你能从容地变愤怒为动力的话，是不会伤害到任何人的。”

“太好了……”利久安心地长舒了一口气，“父母把我跟哥哥做比较，哥哥也常看不起我，对于他们，我常常气得不得了，看来，这也伤害了他们……以前一直不知道该怎么办才好，我觉得以前的自己真是太可怕了。”

看着内心不安的利久，煌心里也难过极了。这时他才深切地感受到，看上去这么完美的利久原来一直被父母拿来比较，这么多年都生活在哥哥的阴影之下。

人一旦被拿来做比较，可能只要稍微被比下去了，就会在心里给自己打上“我不行”的烙印吧。

如果全世界的人都是蓝色头发，不，只要日本有三分之一的人是蓝发，可能爸爸就不会厌弃蓝发的我了。这样，我应该就会接纳自己，喜欢自己了吧？

“喜欢自己。”

心头涌起这四个字，煌不由得战栗起来。

长这么大，这事他连想也不敢想。

这些年来，一直被人讨厌，渐渐地连自己也讨厌起自己来了。

这段旅程真的改变了煌，也让利久更加强大。两人都成长了，但是，成长总是伴随着阵痛。就像长高的时候，总会伴随着“Grow Pain”（成长的痛苦）这剧烈的疼痛。

一种神秘的预感这样暗示着煌。

第四块灵石：“绿”

暴风雨过后，煌脚上的伤口也不见了踪影，伤痛也痊愈了，仿佛奇迹一般。的确，在这片森林里，思考会更快地映射成为现实。

看着煌的腿伤痊愈了，利久高兴得跳了起来。可是，试着动了动自己的肩膀，表情却不由得为难起来。利久的肩伤，没有发生奇迹。或许真的如老师说的，利久的肩伤还是暂时不要管它比较好？虽说如此，这无论如何也让人无法接受。人，总是盼望着能尽早治愈自己身体和内心的伤痛。

老师说过，如果能将“苦痛”视作“成长的精神食粮”，那么这痛苦将至少消减一半。可是，煌却认为这说法并不能安慰到此时的利久。

煌和利久带着小鸢继续向虹之峰前进。

距离越来越近，道路也越来越艰险。

森林深处，连路也没有了。

两人一边费劲儿地撇开树枝开路，一边往森林深处走去。

每走一步都异常艰难，两人没有任何对话，只一心向前。就在这时，两人终于走出了这片阴暗的、没有一丝阳光的、充满了潮湿空气的森林，眼前一片开阔，出现了一片红褐色的平原，一眼望不到边际。

奇妙的是，这片平原中所见之处全是凹凸不平的巨大岩石、长方体的巨型石柱、混凝土块和铁制的巨大球体。这里出现石头和岩体之类自然之物倒能理解，可是混凝土块和铁制巨球这些人造物体是什么人用怎样的方式搬运到这里来的呢？这太让人费解了。

到底是谁？

为了什么？

煌和利久百思不得其解。

正在此时。远处仿佛传来了女生的喊叫声。

小鸢飞快地跑了过去。煌和利久也紧随其后。靠近一看，原来是一个十四五岁、顶着一头褐色长发的白人少女被五个蜥蜴男团团围住，被抓住了手臂。

"Aiuto!（救命！）"少女看到两人后用意大利语嘶声求救。

"放开那个女生！"利久挥动着手里的球棒，冲向蜥蜴男们。小鸢也露出尖利的牙齿恐吓似地逼近蜥蜴男。可是，他们丝毫没有放弃的意思，合力拖拽着少女，企图绑走她。

蜥蜴男们拼命地挥舞着屠宰大刀，利久费了好大力气才躲过了乱刀，根本无法靠近少女。

煌手中什么武器都没有。只得慌乱地掏出素描本，快速地画了一幅自己举着机关枪发射的图。

可是，等了好久机关枪都没有出现。

为什么呢？！

到目前为止，所画的画没有映射到现实的，只有利久的肩伤痊愈这一件，其他的画全都变为现实了呀！

这时，煌的脑海中回想起老师的话。“如果思考没有映射成为现实的话，就意味着应该暂时不要有这样的想法了。时机不对，或者这事本来就不是真实存在的，其中总有原因的。”

难道对我来说，机关枪根本就不是真实的存在？的确，拿起机关枪杀人什么的，只要试想一下就不禁毛骨悚然。

为了避免被眼前这真实发生的现实所影响，煌闭上了眼睛。

集中意识作成了光球。

用丹田深呼吸，尽力联结起自己内心的宁静。

接着，向自己发问。

怎么办？

如果是勇敢者的话，这时该怎么办？

蜥蜴男们挥舞着的锋利的屠刀发出瘆人的声音，从煌的头顶“咻”地劈了下来。

瞬间，一道白光闪过。

屠刀“哐当”一声砍落在煌所坐的石头上。石头霎时碎烂飞溅开来。

千钧一发之际，煌发动了喷射书包，飞旋到了空中。

下方，眼看一个蜥蜴男就要从正全力酣战的利久背后袭击而来。

煌瞄准蜥蜴男头部，从空中快速垂直降下！

对准蜥蜴男的脑袋，用书包狠狠地反复捶打！

“该死！”蜥蜴男口中发出金属撞击般的愤怒的惨叫，随之应声倒下。

利久也越战越勇，抡起球棒猛击蜥蜴男背部。小鸢此时死死地撕咬着蜥蜴男的腿。

煌一个接一个地，挨个儿用书包攻击蜥蜴男头部。

在从空中快速降落的书包“砰砰砰”的攻击下，蜥蜴男们终于招架不住，纷纷落荒而逃。

终于逃出了蜥蜴男们的魔爪，少女紧绷的心突然松懈下来，不禁失去知觉，眼看就要昏倒过去。此时，煌立刻跑过去从背后撑住了少女虚弱的身体。

虽然少女已经虚脱到一脸惨白，但仍然提着一口气回头看了看煌。从她恐惧的眼神中，煌不禁感到一种凛然而刚强的意志。刚刚才死里逃生的她，这时已扬起下巴，强撑着笔直地站了起来。一个精神力量多么坚韧的女孩！

“你没事吧？”

少女点了点头，“Tutto bene,Grazie.”说完这句之后便切换成了流利的日语，“谢谢你救了我。我无比感激你们的勇敢。”说着，少女像女王一般威严地颔首致谢。

利久带着小鸢也走了过来。“为什么蜥蜴男们要绑走你呢？”

“他们觉得我知道圣柜的下落吧。”

“你？！真的知道？”

面对煌的追问，少女点了点头，“我花了两年时间调查关于圣柜的一切。你们也是来寻找圣柜的？”

“你，你真的是一个人来的吗？！”

听到这少女居然一个人踏上了这危险又未知的冒险之旅，利久和煌难以置信地互相望了一眼。

“昨天，我在纽约的中央公园找到了入口。花了几个月我才找到那个入口哟。”

“你从纽约来的？！”煌不可思议地问道。

纽约是爸爸的故乡。这一刻，煌的内心涌起一股针扎似的疼痛。虽然爸爸已经离开好多年了，但只要提到和父亲有关的一切，他还是心痛不已。

“我出生在意大利，后来到了纽约留学。我叫艾丽卡，你们好！”艾丽卡大方地向两人自我介绍道。只见她眉毛浓而有序，挺拔流畅的鼻梁与尖尖的下巴相映生辉，一双神采奕奕的大眼睛格外引人注目，俨然就是一个活脱脱的美人。

“你是意大利人，居然会说日语？”利久问道。

艾丽卡点点头，“我喜欢学外语。因为对千利休[1]非常感兴趣，所以就学了日语。”

“我是利久。”

“你好，我是煌。”

两人自我介绍后，艾丽卡望着煌说道，“你的书包，真的超酷！在哪儿买的？”

面对艾丽卡直直的没有半点隐藏的视线，煌不敢直视她而挪开了眼

[1] 日本著名的茶道宗师，人称茶圣。

睛。他感到艾丽卡身上散发出一种只可远观的华丽和高雅，又带着另一种亲切而熟悉的魅力。不知为何，这种矛盾美竟让煌心跳加速。

“欸，我画了画，所以……”煌紧张到支吾起来。

见状，利久接过话茬儿帮煌继续解释道，“好像在这片森林里，你的所思所想会很快地映射成为现实。”

“原来如此。”艾丽卡兴趣盎然地继续说道，“绘画就好像是将自己的愿景视觉化，是吧。绘画的过程相当于将愿景输入了大脑，所以能够很快地投射成为现实。”

“哇，你太棒了！你是怎么知道这些的？”

“我只是对物理学很感兴趣罢了。我可以看一下你的画吗？”

煌犹豫了片刻，还是从书包里掏出了素描本，怯生生地铺展开来。

素描本上画了很多叶山的风景，画上呈现最多的是大海，以及大海对岸的富士山。通过独特的配色忠实地描绘了自己的情绪和情感。大海从黄色有层次地渐变到绿色，红色的海豚跃出海面，紫色的富士山逐渐过渡到蓝色的山麓，中间偶尔呈现少量的黑色。

“这配色，真让人不可思议……”艾丽卡惊叹地翻阅着煌的素描本。

“确实很奇怪吧。”煌诚惶诚恐地问道。

“嗯，怪！我从没见过这样的配色！”

“黄色的大海和黑色的富士山！怎么可能嘛！”利久瞥了一眼画后也附和艾丽卡道。

“别看了，还给我！”

受不了两人的批评，煌一把收起了素描本。

“煌你没发现吗？你简直就是一个天才。”

“哈？”

胡说些什么？我是天才？……

“这么独特的绘画，我从来没见过！”

“可是，大家都说很奇怪……”煌没自信地小声嘟哝道。不知为什么，煌在艾丽卡面前就不由得紧张起来。

“怪确实是挺怪的！不过怪得非常棒啊！跟其他人的完全不一样不是吗！”

“欸！？……”

她的意思是不一样的东西就是很棒？

可是，从小妈妈都教导自己“要和大家一样”“不要引人注目”呀。

“在日本，好像人们特别恐惧跟别人不一样。听说人人都认为要跟别人保持步调一致。尤其是在学校和公司这样的集体当中更是如此。可是，天才是决不能这样子的！不这样子就只能被称作奇人、怪人、狂人吗？要把凡事都做到极致的话肯定跟别人不一样的呀！要是天才都跟凡人一样了，那还是哪门子天才！”艾丽卡滔滔不绝，“我是个物理狂人，虽然还在念小学，但已经计划着将物理学知识应用到经济上，通过股票来赚钱了。就因为这样，那些意大利人容不下我，把我赶出了意大利。他们说我做事一点儿没个小学生的样子。可他们眼中优秀的孩子，只不过是在扮演大人期待的所谓优秀的样子罢了。这纯粹就是浪费时间。一味去顺应那些愚蠢的大人所创造的社会，只会让自己的天赋、情感和能力都越来越迟钝。真是太不值得了。”

艾丽卡长叹一口气，又投入地翻看起煌的画来。

“煌，因为你的画中充满了灵魂，所以才能那么快速地成为现实吧。”

煌不由得感动不已。自己居然能得到艾丽卡的如此般的认可，就像沉入深海奄奄一息、随波漂流的自己，突然被光彩炫目的光球所环绕，而瞬间灵魂复原，仿佛重生了一般。

“谢谢你！”煌打从心底真诚地说道。

“你能为我也画一幅画吗，画我正揭开圣柜盖子的样子。”

“可是我们也想找到圣柜哦！”利久装作开玩笑似地打断了她。

“也就是说，我们是竞争对手咯？”说着，艾丽卡来回盯着两人的脸一动不动。

利久仿佛回应似的，也用坚定的眼神目不转睛地看着艾丽卡。

煌却不知不觉地回避了视线。一被艾丽卡盯着看，他就手足无措，不知如何是好。

艾丽卡开口了，“没关系。我想要的只有圣柜里的魔镜。妈妈生病了，很严重的病……只要能照一照魔镜，就可以长生不老。你们也知道对吧？”

“我们只是听说圣柜里面放着神剑、魔镜和古玉，神剑可以帮助勇敢者实现所有愿望，魔镜可以让人长生不老，那古玉有什么功能，你也知道吗？”

利久好奇地问道，煌也饶有趣味地一同望向艾丽卡。

“古玉可以看到历史哟。得到古玉的人可以看到他最想看的一个历史场景。”

艾丽卡已经调查了两年多了，所以关于圣柜真的是无所不知。

“不过，好像只有集齐了七块灵石的勇敢者才能打开圣柜的盖子。可怎样才能得到灵石，我查了这么久还是没查出来。”

看着艾丽卡失望的样子，利久从兜里掏出了自己的黄色灵石。

“如果通过了‘源’所安排的试练和关卡，就会从天空中飞来灵石哦。”

煌也拿出了自己的红色和橙色两块灵石。瞬间，三块灵石自动地吸附到一起，悠悠地飘到空中。亮晶晶地闪耀着格外耀眼的光芒。

“哇……太美了！”艾丽卡不禁欢呼起来，目不转睛地凝视着灵石一边问道，“‘源’是什么？”

“具体我也说不清楚。嗯，反正就是掌控着全世界的一种神秘而伟大的存在吧。煌可以和‘源’相互通信哦。”

“欸，真的吗？！”艾丽卡两眼放光似地转头看了看煌，并伸出手去想要接住灵石。

“哇，这灵石真是太漂亮了！”

可是，当艾丽卡的手一靠近灵石，灵石却不可思议地“咻”地一下子逃开并飞回了煌和利久的兜里。

“哈哈，害羞的灵石先生！”艾丽卡微笑着继续说道，“你们两人已经得到三块灵石了，那就只差四块了吧。我们三个人一起合作怎么样？我只想要魔镜，其他的神剑和古玉你们俩分如何？”

“可是我和煌也都想要神剑。”

“欸，这样看来，你们俩才是真正的竞争对手呀。”说着，艾丽卡扑哧一笑。

“高个子利久和小个子煌。”

可当艾丽卡说到“小个子”的时候，煌却一点儿都没觉得难受，要知道以前他可是听到“矮”“小”这些字眼就厌恶得不行。总觉得任何话从艾丽卡口中说出来，似乎都能给人以勇气。

想到这里，煌的心脏突然怦怦的，跳得厉害。

艾丽卡嫩红色的嘴唇又转向煌，“你们俩真幸运！一路上有个伴，怎么都能比我一个人走得更远哟。”

煌望着艾丽卡的嘴唇出了神，一时竟忘了回答她。

“煌，你怎么啦？”

“没……没……那个……”

艾丽卡脸上绽放出明亮的笑容。

多么迷人的笑脸啊，仿佛一直被冷落而无所适从的冰之花，突然绽放出炫彩的花瓣一般，美得让人神魂颠倒。

“抱歉哦艾丽卡，煌这小子嘴笨得很。”利久赶紧帮煌糊弄了过去。

“原来如此，所以画画才那么棒哇。巧舌如簧的人就靠一张嘴。可我觉得煌不太爱说话是件好事。这种自卑感将他的才华延伸到了绘画的才能上。我奶奶经常说，正因为在某一方面的自卑感才会开启隐藏的潜在才能。”

啊——艾丽卡。

为什么你的话总是充满了魔法。

我的心就像长出了翅膀一般已经飘然飞起。这还是第一次有人给予了原本嘴笨的自己如此般肯定的评价。

如果我的画真的抓住了艾丽卡的心，这样看来，在绘画这一技之长的掩饰下，不善言辞这点也多少有了些意义。

煌的心中涌起想对艾丽卡诉说的千言万语，不知怎的，还是话到了嘴边却一句都说不出口。

三人带着小鸢在平原中继续前进。

所到之处无不堆满了怪异而坚硬的物体，横七竖八地乱堆着。

望着眼前这寸草不生的红褐色的景象，艾丽卡不禁感叹道，“这里简直像极了塞多纳。”

传说塞多纳有大地所释放出的神秘能量的圈聚焦点，具有超自然的灵性，每年都吸引众多的艺术家到访去寻找灵感。

正午时分，三人停下脚步准备吃午饭，各自坐在小小的岩石上暂时歇歇脚，可火辣辣的阳光却毫不留情地炙烤着这片红色岩漠。到了此刻，三人对刚才那片潮湿阴郁的森林不禁有些怀念起来。

煌和利久正切分着带来的食物。“我请你们吃东西。”只见艾丽卡说着从后背的帆布包里拿出了几片如小指头般大小的片剂递给两人。

煌和利久舔着舔着这片剂不禁震惊了。如此小小的一片，却能尝到各种各样的味道。最开始是玉米浓汤的味道，接着是生菜、乳酪、牛排、覆盆子，等等，简直就是一场味觉盛宴。尝了十分钟左右，肚子已经饱饱的了。

“这个太神奇了。”

“这里面营养可丰富了，反而却没什么卡路里哟。”

“这是在美国买的吗？”

望着瞪大了眼睛惊叹连连的煌和利久，艾丽卡淘气又骄傲地笑了笑，“这个呀，是我发明的哦。”

虽然刚才煌一个劲儿地被夸是天才，可没想到艾丽卡原来才是货真价实的天才呀。

艾丽卡今年15岁，是一名过着寄宿生活的中学生。

“你为什么选择了纽约呢？”利久兴趣盎然地问道。

“我上的中学是圣雷纳公学，我家里祖祖辈辈，从中学开始就要去这所学校念书。”

“圣雷纳公学，莫非就是那所只有上流社会的人才能念的贵族学校！”利久大吃一惊。

“利久，你知道这学校？”

“啊。父母一直希望能把我送进去念中学，所以做了很多调查。据说这所学校里，汇聚了来自全世界的巨富和名流的后代们，听说还有人每天从南美乘坐直升机上下学。”

“嗯，直升机这事是真的。当时连每天坐着飞机头等舱上学的我看到那一幕时，都简直不敢相信自己的眼睛。只要待在那里，就会感到自己和周围人的世界观好像完全颠倒了似的。本来中学生坐头等舱上学就已经非常奢侈，应该是被批评的吧。可是和乘直升机的一对比，坐头等舱好像也让人觉得可爱多了。所谓幸福的标准，是因成长环境、人种和习惯的不同而不同的，我也渐渐深切地感受到幸福与否最终是由自己决定的。”艾丽卡的侧颜像个大人。

煌对艾丽卡的爱慕更加强烈。她不仅拥有美丽的外表，还具备天才的大脑，不仅如此，她甚至洞察整个世界。但是，她却一点儿没有架子，待人接物是如此的亲切和温暖。

“如果艾丽卡也在纽约上学的话，那我也去纽约上中学。”

利久打断了煌美好的沉思。

“太好了！太好了！你一定要来纽约哦！我们可以一起去看纽约洋基队[1]的比赛。煌你也一起来！”

面对艾丽卡突然的邀请，煌低下了头。

利久和艾丽卡的对话好像是另一个世界的事。在煌的世界里，为了支付午餐费，妈妈不得不典当了自己最心爱的戒指。

“艾丽卡，你也会去看棒球比赛吗？”

“嗯，经常去。我很喜欢棒球。”

“真的吗？我所在的球队，现在已经闯入日本的全国大赛的决赛了。如果获胜的话，就能去威廉斯波特市参加世界大赛了。”

“哇哦！你们一定会获胜，一定能去美国的！到时候我给你介绍纽约洋基队的队员！我父亲是洋基队的超级大粉丝，跟队里的球员关系不错的。”

两人越说越开心。另一边，煌的情绪却低到了谷底。刚才被艾丽卡夸为天才的喜悦像受伤的玫瑰一般枯萎殆尽。

一直都与艾丽卡平等交流的利久，这时看上去像个大人。

完全能够想象到利久见到洋基队队员们之后的样子。虽然见到了心

[1] 美国职棒大联盟中，隶属于美国联盟的棒球队伍之一。至今已有100多年历史，该队在40次美国职业棒球大联盟联赛中获得27次冠军，是世界最著名的体育俱乐部之一。

目中的明星选手，但他肯定不会兴奋得忘乎所以，也不会紧张到手足无措。

三人中只有自己，像是被遗弃在了小孩的世界里。

煌心中升腾起一股冲动，真想一口气变回踏上这冒险之旅之前的自己，那个可有可无的自己。此时的自己，完全插不进两人的对话，一句话也说不出来。

不知为何，越想越焦躁，越想越局促。

“啊，有点渴了。不过很遗憾，只有水分是没法用片剂补充的。”

说着，艾丽卡从帆布背包中取出了一个小型的机器。她说这是搭载了摄像头的无人驾驶的飞行器，可以查看到这片神秘森林的全貌。

“前面有一条河，等一下。我分析一下那水能不能喝。”艾丽卡熟练地操作起飞行器。

那个飞行器的摄像头居然能分析出镜头中拍摄对象的成分，真是太神奇了！当然，这也是艾丽卡发明的。

艾丽卡停了下来，“很好！水质没问题！味道也不错哦！”

利久站了起来，自然地向身后的艾丽卡伸出一只手，艾丽卡抓住利久的手，也借力敏捷地站了起来，就像电影片断一般。

美丽贤淑的公主身旁的护花使者一定是高大勇敢又帅气的王子。小个子又不善言辞、偶尔勇敢的少年只能躲在窗帘背后投来羡慕的目光。况且，那个少年是一头蓝发的“怪物”，一旦败露了，恐怕会被王子锋利的剑瞬间击退的吧。

煌背对着两人无精打采地走着，背后不断地传来两人意气相投的对话。明明一句也不想听，可又忍不住竖着耳朵不想漏掉半句，这样的自己，真可怜。

利久和艾丽卡的话题，从棒球聊到了美术。谈到一位名叫夏加尔的艺术家时，两人的情绪越发高涨。

利久真的是无所不知，任何话题都能聊……

煌不禁回头看去，只见艾丽卡望着利久浅浅地笑着，视线那一头的利久看上去也比往常更加自信满满。

可恶！瞧利久这家伙心花怒放的样子！

煌越来越生气，心里停也停不下来似地一个劲儿地埋怨利久。

就在即将进入一片荒芜的森林时，利久叫住了煌，“我和艾丽卡先进去打探打探。”

对着回过头来的煌，利久用让人无法拒绝的口气说道，“煌，你就在这里警戒！”言外之意就是告知煌不要跟过来了。

“知道了！”煌虽然气不打一处来，但却只得眼巴巴地目送着两人往森林深处走去。

利久似乎说了什么有趣的事情，只听见艾丽卡咯咯的笑声不时传来。艾丽卡的笑声听上去太可爱了，可这可爱的声音却越发触发了煌内心的怒火。眼前这一片凹凸不平的乱糟糟的岩块，让煌不安的心绪更加焦躁。

绝交吧……已经一句话都不想说了，我讨厌利久。

这时，煌突然意识到自己居然在心中对利久火力全开、恶毒谩骂，瞬间惊得一身冷汗。

我都干了些什么呀……居然如此厌恶自己好不容易才交到的好朋友！

长到现在，还是第一次产生这样的情绪。煌一时间不知该如何处理那涌上心头的强烈的感情，脑中一片混乱。

和利久比起来，自己真的很差劲儿。这样的情绪抑制不住地涌上心头。

利久个子高，学习又好，长得还帅，家里也富裕，既勇敢又聪明，还很亲切温柔……嗯，亲切温柔这一点是平手。利久更喜欢艾丽卡，噢，这一点说不定也是平手。利久更招艾丽卡喜欢，利久更会说话，利久的手指修长修长的，利久的肚脐眼长得更帅气。

一一数下来，1胜56负2平，煌惨败。自己胜过利久的，只有一点，会画画罢了。

我比利久差远了。这样的认知几乎要瓦解了煌的所有意志。虽然一路以来，看着利久一直生活在与哥哥比较的自卑阴影下，煌已经很清楚地明白，比较正是自卑的元凶，可是……

“年轻人哟，要多试几次，梦想才会变成现实哦。”

突然，传来熟悉的声音，老师出现了。

“老师，我，我……”望着老师的煌几乎哭出声来。

“嫉妒。”

“欸？”

“你内心的感情。”

“嫉妒？我对利久吗？！”

“煌，能感受到嫉妒是一件好事。”

“好事？！这我可不信！我，我……”煌羞愧地抬不起头来。自己内心的想法被老师看穿了，简直想找个地缝钻进去。

"要是利久不在就好了。"

"欸？"煌大吃一惊，不解地望着老师。

只见老师调皮地向煌挤了挤眼睛，"难道你不是这样想的吗？"

"我怎么可能有这种想法……利久可是我最重要的朋友……"

"有这样的想法很正常。你想要的东西不是眼看就要被利久夺走了吗？因此你羡慕他，甚至嫉妒他，以至于心乱如麻，不知如何是好了吧？"

煌点了点头，"嗯，这种情绪，我还是第一次有。"

"你瞧，果然如此。你出生到现在都还没真正站上过擂台，这次，终于和利久站在了可以一决高下的同一擂台上了，这可是你成长的印记呀，可喜可贺，可喜可贺！"

"可这……"

"怎么，你不信？"

老师故作滑稽地凑近煌身边，盯着煌那双连看都不敢看他的眼睛一动不动。

"嫉妒呀，正好释放出一种信号，就是对方得到的东西你自己也能得到。嫉妒的感情越强烈，就意味着同样的事情很快就会发生在你自己身上哦。"

"同样的事情发生在我身上？……"

煌的脑海中突然浮现起利久向艾丽卡伸出手的画面。

我也伸出手，艾丽卡也会抓着我的手站起来的吧。

只这样想着，煌的心就怦怦跳个不停。可是，这种事真的会发生吗？！

老师好像觉察到了煌心中的疑问，继续说道。

“如果不能相信这些事情会发生在自己身上的话，就会被嫉妒驱使和控制而做出一些丑陋的行为。嫉妒并非是一种不好的感情，被嫉妒操作和摆弄所做出的事情才是真的丢人。怎么样？年轻人，想象一下好事马上就会发生在你身上如何？”

“我感觉刚才那种难受的、恶心的情绪好像渐渐淡了一些。”

“煌，你是个纯朴的孩子。纯朴就意味着内心的土壤是好的。在这样的土里，不管种上什么样的植物都能结出好果实。所以，在你的心里种上些美好吧。”

“嗯！”

“你们俩在干什么？”

回头一看，原来利久走了过来。

“艾丽卡人呢？”

“哦，她说她到附近走走，顺便把飞行器回收回来。刚才不好意思咯，煌！”利久凑近煌的耳边小声耳语道，“刚才，艾丽卡好像想上厕所，所以……”

“欸？”

“所以刚才撇下你一个人在这里。”

知道真相的煌，突然涌起对利久的满心的抱歉。

老师又开口了，“你回来得正好。接下来我要再交给你俩新的教诲了。”

煌和利久站到了老师面前。这一路以来，两人渐渐深切地感受到老师的教诲确实效果显著。

“之前，我教给过你们，先有了感情和思考，然后通过振动的频率，感情和思考就会映射成为现实是吧。”

“是的。”

“嗯嗯。”

两人同时点了点头。

“原本以为是现实触发了内心的情感，可事实上正好相反，是感情映射出了现实。通常情况下，感情需要经过一段时间才会转化成为现实，正因为存在这样的时差，人们才难以理解是先有了感情和思考这回事。接下来，我要教给你们释放感情和情绪的方法。”

“真的可以做到吗，释放那些不好的情绪？！”煌一脸激动地询问道。

“现在，你们试着在脑海中回想一下你们最厌恶的现实场景。煌，你可以想一想刚才发生的让你心神不宁的事情。”

煌的脑中浮现出刚才因为利久和艾丽卡交好而感觉到自己被同伴排斥了的场景。

“回想起你们厌恶的现实之后，心中有没有感觉到什么？”

“嗯嗯。”

利久回答后，煌也点了点头。

这就是刚才的心情，正是老师所说的嫉妒。

“给这种感觉加上颜色和形状吧。”老师指着平原中无数的石头、岩块和混凝土柱子。“这些全都是人类的感情和情绪物化之后的样子。你们试着将心中的感觉想象成这类形状。最重要的是那种沉甸甸、硬邦邦的沉重感。”

“沉甸甸硬邦邦……可以想象成巨大的保龄球吗？”

“可以哟。你脑中这保龄球是什么颜色？”

“黑色。”

煌迅速在脑中组合出了完整的形态，可利久单单要想象个形状就已经费尽苦心。

“感觉无法成形的话，一定有无法成形的理由。你是不是打从心底很厌恶这种情绪？”

“我是厌恶的吧，这种难受的感觉。”

“你有没有把产生这种情绪的原因归咎于某人？”

“有的，嗯，就因为哥哥，我才……可恶，不行，我做不到。”

看着利久将要前功尽弃，老师继续鼓励他，“利久，你的情绪不关你哥哥的事？”

“要说跟哥哥一点关系都没有，我可做不到，能做到的话我就是神了吧。”

老师笑了，“煌，你瞧，利久因为对哥哥的嫉妒才这么痛苦的哟。”

“才不是什么嫉妒！”利久转过身来极力否定，“只是父母老是夸哥哥，我忍不住心里窝着火罢了。”

面对利久的诡辩，老师一笑置之，“一会儿，煌将教给你嫉妒的真正含义。”

煌试着将嫉妒形象化。巨大的球体，一会儿的工夫越变越大，最后变成了一个一眼看不到边际的庞大的铅球。

“呜哇！好大！变得比一栋房子还大了！”

“慢慢来，慢慢来。不管多大，只要够硬够沉，中间实心，沉甸甸的，有分量就行了。”

煌又试着感受着这巨大球体的硬度和重量，简直让人不可思议，心中原本乌黑一片的沉重的心情不知为何越来越弱，正逐渐消减着。

“用你的双手捧住这球体……意念中的双手，不管多大的物体都能捧起来……用双手夹住球体向前方抛出去，抛出之后再用力地深呼吸。”说着，老师张开双手，向煌亲自示范着将手中捧起的物体向前抛出。

煌模仿着老师的样子，双手捧起将脑海中的巨大球体使劲儿抛出了体外。突然，只见一个直径达10米的铅球“轰隆”一声出现在了面前。

“哇哦！意念中的形象居然变成了真的！”

“做得很好。这样就可以了。”老师眼睛眯成了一条缝夸赞着煌，“在这片森林里，意念中的形象一旦被抛出身体外，就会瞬时变成真实的物体。而在你们原本的世界中，意念中的形象始终是存在于意念中，是无法通过这样的方法变成真实物体的。在这里，意念的力量同样巨大。怎么样，这会儿你的心情如何？”老师询问道。

煌大吃一惊，刚才那厌恶压抑的感觉、沉重嫉妒的心情全都不见了踪影，身体也轻飘飘的，连呼吸都顺畅得多了。

“老师，到底是怎么回事欸？！简直难以置信，现在我心情舒畅，痛快得不得了！”

“因为你的频率已经改变了。再来一次，你再试着想想那些让你嫉妒不已的事情。”

煌又集中精力回想起利久和艾丽卡亲密交往的场景。

“欸？！奇怪。”煌惊诧不已。刚才还一直非常排斥的场面，这会儿回想起来后自己的感情居然没有半点波动和影响，只是非常平常的一个场景罢了。

“怎么样？原本厌恶的事情现在已经变成中性的了吧？”

“是的！这简直太神奇了！”煌兴奋地回答道。

“我说得没错吧？这方法虽然很简单，但对于释放感情却是立竿见影的哦。感情一旦得以释放后，人的频率就会变轻，也就意味着映射而成的现实也将随之而改变。”

“这方法可一点儿也不简单。我脑中怎么也无法给想象的场景着色，也想不出完整的形状，为什么心情和情绪就能变成有形的呢？我还是一头雾水。”

老师对不停叹气的利久说道。

“情感如果没法着色和成形的话，其中一定有原因的。肯定是你自己从心底排斥自己内心的情感，觉得它不是自己的情感是吗？情感也不过就是频率、能量而已。任何情感，它本身是没有积极和消极之分的，可以说都是中立的。是因为你自己没有中立地去看待它，才导致无法具象地成形和着色。情感无法成形的话，一定是由于以下三个原因：一是厌恶这种情感的时候；二是把产生这种情感的自己完全抽离出这种情感时；三是把这种情感的产生归咎于现实生活中所发生的事情时。避免以上三种情况后，就能将你的感情具象化、形象化了哟。”

看着因情感无法成形而叹息连连的利久，煌松了一口气。居然连利久这么完美的人也会因为嫉妒而苦恼不已。看来，世间所有人都是一样的。想到这里，忽地感到利久就在自己身旁，从未如此靠近过。

就在这时，一块绿色的灵石在天空中划过一道美丽的弧线降落下来。煌展开手掌，灵石正好落入手中。

“嫉”字闪闪发亮。

“这次是‘嫉妒’。第四块绿色的灵石可以帮助你敞开心扉，提高与他人交流沟通的能力。”老师的眼睛眯成一条缝慈祥地望着煌。

我做到了！我打败了那让人无比痛苦的“嫉妒”心。

煌第一次感受到了战胜心魔得到灵石的成就感。

被“嫉妒”支配的时候，煌感觉自己完全像变了个人似的。就像身体里住了一个恶魔般不可控制地诅咒和谩骂他人，而内心的善良和平静却不见了踪影。感情如果一旦失去控制，就成了暴走的凶器。

以后，要做到不乖戾，不嫉妒，不憎恨，这样就能真正快乐起来。

看着煌掌心里闪闪发光的绿色灵石，利久一脸羡慕地说道，“煌，你真棒……我，我真是太差劲儿了。我已经尽力将脑中的意象着上了灰色，巨大的球体也成形了，可是中心却是空空如也，完全没有重量。”

“颜色、重量和硬度，都很重要。”老师说道。

煌微微一笑，“可我越来越喜欢这样的利久了。”

“什么嘛，我可不喜欢你这种安慰方式。”

“没有啦。我一直感觉你是完美的，是跟自己完全不同的超级优秀的存在。”

“所以现在看到我没那么完美，你开心啦。”

“怎么会！现在明白了我和利久一样，都是平凡的普通人，所以才感到开心。”

老师左看看利久，右看看煌，“不完美才是真正的完美哟。”

“什么意思呀，完全听不懂。”利久不开心地闹起了别扭。

“过一会儿等你冷静下来，情感一定能成形的。”

老师也同意煌的说法，“不错。如果一旦成形的话，就意味着你再也感觉不到那种情感了。当你将错误归咎于他人，心里一肚子火时，是无法释放掉这种情感的。”

“确实。可能我现在还在生着哥哥的气吧……”利久小声回应道。

“没关系，利久，烦恼呀，消沉呀，兴许大家都不喜欢，可是这时候正是你自己和自己对话的宝贵时间，一定不要浪费这样的时间。与面向外部开展行动一样，这时候靠近自己的内心也能收获意想不到的成长。”

“好吧——”利久无奈地点了点头。

“艾丽卡，你好慢啊。”

煌往森林的入口张望着，正好看到艾丽卡走了出来。

艾丽卡一路小跑而来，褐色的头发随风飞扬。煌多么想把这一幕临摹下来啊。于是他迅速展开了素描本开始描绘起来。

只见艾丽卡上气不接下气地兴奋地说道，“我刚才用飞行器分析了这些石头和岩块的成分，它们居然拥有跟愤怒、悲伤、孤独、嫉妒等人类的情感一模一样的频率和能量哟。恐怕这就是人类情感的物化，真是太不可思议了。”艾丽卡像发现了新大陆一般激动极了。

“也许吧。”利久回应道。

“利久，你知道这是怎么一回事？！”

“啊。可是，我仅仅是知道而已，自己尽力去体验都失败了欸。其中原委，都是这位老师教给我们的。”

利久正打算将老师介绍给艾丽卡，可转身一看，不知什么时候，老师已经消失了。

煌也感到不可思议，“我和利久走进森林就有老师的指导，可艾丽卡为什么独自一人，没有一个引路人呢？这到底是怎么一回事呢？”

“因为艾丽卡很聪明呀，根本就不需要什么引路人是吧？”

“啊，原来如此，估计是我们俩太笨了，实在看不下去了，老师才现身帮助我们的吧！”

“一定是这样！没有经过特训陷入危险的话，‘源’也会慌神的吧！尤其是你，哈哈。”

“利久你不也一样啊！”

“明明是你吧煌。”

两人拌着嘴，煌这才终于感觉到自己和利久成为了真正意义上的朋友，平等地想说什么就说什么的真诚的伙伴。

我，出生到现在，终于第一次有了真正的朋友！煌打从心底感到喜悦。

艾丽卡不可思议地问道，“煌，发生什么好事了？你可比刚才看起来轻松幸福得多哦，整个人信心满满的样子。”

“嗯，一点点。我开始喜欢自己了——”

煌整个人光彩熠熠地望着艾丽卡。

煌的内心暖暖的，有种活到现在从未有过的温暖。

但是，要成为真正的勇敢者这还远远不够。

成为勇敢者意味着新生！意味着必须经历一次死亡才能重获全新的生命。

可这时，所有人，都还没意识到这点。

第五块灵石：“青”

煌、利久与艾丽卡，带着小鸢，一行人再次走入阴暗的森林中，朝着圣柜藏身的虹之峰前进。在艾丽卡操控的飞行器的探测下，发现森林里并没有蜥蜴男们的身影，因此判断从森林向前进发更加安全。

终于离虹之峰越来越近了，似乎已经能看到裸露在地表的山肌。如果一路顺利的话，应该明天就能到达。

这时，煌不由得担心起妈妈花梨。探险之旅已经是第二天了。老师也说过这里的三天相当于原来世界的一天。如果明天之内不能找到圣柜平安回去的话，妈妈一定会非常担心天黑了都还没有回家的自己，那可就糟了。想必利久家人也是一样的吧。

“艾丽卡你最迟什么时候得回去呢？要是太晚了，你家里人也会担心的吧？”

“他们不会担心，但是我还是必须得早点回去。”面对煌的提问，艾丽卡无精打采地回答道。

“你妈妈，会担心的吧……”

“嗯，也许吧……”不知为何，艾丽卡似乎不想再继续这个话题似的，微微地皱了皱眉头。

利久并没有觉察到艾丽卡的心事，继续邀请她，“艾丽卡你也和我们一起从叶山的出口出去，然后再回家吧。”

“叶山？就是那个日本皇室的别邸所在的非常美丽的地方哇。”

“如果你来叶山，我一定请你吃好吃到让你大跌眼镜的刨冰。”

“大跌眼镜到底是有多好吃！”艾丽卡笑着说道。

“用天然的矿泉水制成的刨冰，上面再加上新鲜的水果和沙拉。”

“听起来好好吃！”

艾丽卡觉察到一旁的煌不发一言，“煌，你不喜欢吃刨冰吗？”

“不，我，我……还没有吃过刨冰。”

“从这儿出去以后我们第一件事就一起去吃吧！”

面对利久的邀约，煌含含糊糊地点了点头。利久刚才所说的，是那家一到了夏天，门前就排着长队的刨冰店。

煌以前和妈妈一起路过这家店，在店门口的看板上偷偷看到过画着好多好多美味刨冰的餐单。草莓牛奶刨冰850日元，妈妈喜爱的宇治抹茶红豆牛奶刨冰1000日元。只看到餐单上的价格，煌和妈妈就已禁不住摇了摇头。

“这价格真是太惊人了！我们家的生活费每天都不过才1000日元欸！”妈妈明朗地笑着说道。煌看着比自己还小的小孩子们，三三两两，人手一份，大口大口地享受着美味的刨冰，眼里不由得浮现起忧伤的神色。

“啊！肚子好痛！”懂事的煌却突然假装起肚子痛来。

“小肚肚痛的话可就不能吃刨冰了欸。”妈妈抚摸着煌，像松了一口气似的。

在煌看来，让妈妈难过伤心，是比自己吃不上刨冰还让他难受千倍万倍的事情。而妈妈每天都在为钱苦恼、难过与伤心。

“刨冰，是我在意大利最美好的回忆哟。”

艾丽卡的声音把煌从梦想拉回了现实。

“我还在念小学一年级的时候，那时我奶奶还在世，当时因为生病正卧床休息的奶奶突然说她想吃刨冰，我就用自己的零花钱去给奶奶买。可是当我到家的时候，看到袋子里的刨冰已经全化成了水，伤心得大哭不止。那时候的我一直以为刨冰就跟棉花糖一样，没想到它居然融化了……”

“艾丽卡，你之前没吃过刨冰吗？！”

艾丽卡莫非跟自己一样，煌心情明朗地问道，艾丽卡点了点头，“父亲说不能吃那种路边摊上的东西。可是，奶奶看着因为刨冰化成水而哭鼻子的我，她开心地大笑不止……”

“为什么这是你最美好的回忆呢？”

“奶奶因为生了很重的病，每天都勇敢地和病魔抗争。原本爱好广泛、从容优雅的她，那段时间越来越不开心……奶奶是我最爱的人，看着她像变了个人似的，我也非常难过。但是，即使那时候生着重病，奶奶还是会像从前一样紧紧地拥抱我。我就想着，哪怕能做的事情很有限，也要让奶奶从病痛的折磨中解放出来。你说，去叶山真的能吃到那好吃到让人大跌眼镜的刨冰吗？”说着，艾丽卡不禁自言自语地补充道，“吃了叶山的刨冰，兴许我就能做回那时候的自己了吧……”

“那时候的？……”

听到煌的追问，艾丽卡忽地回过神儿来，扬起眼睛看着俩人，开玩笑似的说道，“做回那个一心只想着让他人开心的单纯的笨蛋。”

虽然艾丽卡笑着说着，但煌却感受到了那笑声中不禁流露出的一丝悲伤，他想着必须要说点什么以安慰和鼓励艾丽卡。可是，一句话也说不出口。

果然还是嘴太笨了。

煌拿出素描本，画了一幅自己、利久和小鸢围着艾丽卡，一起吃着刨冰的画。画上，三个人和小鸢都开心地大笑着。

艾丽卡看了画不禁笑出声来，说画中小鸢大笑的脸未免也太过写实了吧，“能将小狗大笑的表情描绘得如此栩栩如生的也只有煌了吧。”

“煌，我不要草莓牛奶刨冰哦，我要黄桃味的。”利久脸上渗出细细的汗珠。

三人微笑地看着画好的画。艾丽卡突然小声说道，“要是这一天真的能实现就好了……可是，要成为勇敢者还……”后面的话又被她咽了回去。

艾丽卡的话，把三人拉回了想要遗忘的现实。

如果真的找到了圣柜，但能最终成为勇敢者的，只有一人。

也许利久将会是我最后的敌人。到那时，我应该怎么办才好……

似乎利久也感受到了同样的结局。当煌看向他时，利久装作不经意地避开了眼神，一种强烈的孤独感向煌侵袭而来。

就在太阳快要落山的时候，三人走到了一个可以栖身过夜的洞窟。

夕阳西沉后不一会儿，整片森林又被黑暗包围。三人分头行动，趁现在赶紧去拾捡些柴火。煌带着小鸢在附近寻找开来，小鸢来来回回一趟一趟地拾捡了不少树枝回来后，突然低声地叫着又跑了出去。

“小鸢，你去哪儿？”煌也跟着跑了出去，只见眼前出现一条小河。

悄悄升起的月亮反射在河面上，闪闪地发着亮光。

煌走到小河畔，捧起清澈的河水洗净了脸上的泥土和汗水，瞬时神清气爽。正当他又捧起河水正往口中送时，像之前一样，河面上又出现了妈妈花梨的影像。

·

花梨面试完后，随即就在超市里工作起来。前场正在开展红酒促销的活动，所以花梨就在后场一箱一箱地搬运着红酒。

“赶紧的！没看见促销活动还没结束吗！”一个前辈打工者模样的女人严厉地催促着花梨，说着就往花梨手中的红酒箱子上面又叠放上了一箱。花梨焦急又小心翼翼地往外走着，只见上面一箱红酒晃晃悠悠地突然掉了下来，红酒瓶碰撞在一起发出刺耳的声音，整箱红酒，全碎了。

“你在干什么！”老头子店长急忙跑了过来。

“对不起!对不起！”花梨一边慌乱又紧张地收拾地上的玻璃碎片，一边道歉。

“你以为道个歉就完事了吗！我告诉你，你的工资还不够赔！”

“真的非常抱歉！”花梨躬身低垂着头，老头儿的手缓缓地伸向她的背上。不知所措的花梨紧张地整个人僵直了身体。

老头儿凑近花梨的耳边一脸狰狞地小声说道，“下班后你愿意陪陪我的话就没事哟。反正你是赔不起的对吧。”说着，他直勾勾地盯着花梨。

花梨不由得转开了视线，平日就苍白的脸上更是不见一丝血色。

就在这时，从停车场的高级轿车上走下来一位戴着太阳眼镜的女人，正好向老头子店长走过来。

“前一阵子，拜托你们店里送货上门的水果，已经送出来了吗？”

煌定睛一看这位摘下了太阳镜的女人，不禁大吃一惊。这是利久的妈妈！她曾经好几次来学校里观摩学生上课，因为在老师和同学面前特别健谈，所以煌对她印象深刻。

“哎呀呀，医生您最近可好，小店承蒙您的关照啦。您要的水果已经打包完毕正要给您送到家去呢。”

“好的，知道了，辛苦！”利久的妈妈正要戴上太阳眼镜，突然，她的手指映入煌的眼帘，煌不由得激动又紧张地吞了一口口水。

为什么妈妈的太阳花戒指在利久妈妈的手上闪闪发着光呢？花心镶嵌的蓝宝石就像泪滴一样。没错，那就是妈妈的戒指。

煌在心里祈祷着，希望花梨没注意到这戒指。可是，只见花梨愣愣地盯着那枚戒指，眼睛一动不动。利久的妈妈察觉到了花梨的眼神，微笑着说道，“很漂亮是吧。我还从来没见过这么美的蓝宝石呢。在一家古董店的橱窗里，我一眼就看中了它。”

花梨默不作声地点了点头。煌能感受到，受到如此大的冲击，她已经尽全力做出了这样的反应。

煌握紧了拳头。“那是我妈妈的戒指！还回来！”他对着影像中的利久的妈妈，激动地一个劲儿地喊叫道，直到冰冷的河水没过胸前，煌才缓过神儿来。

小鸢在小河岸边汪汪汪地焦急地大叫着。

河面上的影像消失了。

“妈妈……对不起……对不起，妈妈。”煌哭着向妈妈道歉。

是自己夺走了妈妈所心爱的一切，夺走了爸爸、祖父祖母、精心打理的西洋园艺、漂亮的手指、真心的笑脸、还有那枚戒指……再也无法忍受，一股强烈的无法释放的愤怒涌上全身，这愤怒似乎具有可以破坏掉一切的强大力量。

利久和艾丽卡跑过来，看到全身湿透狼狈不堪的煌，惊慌地将他扶了回去。

“出什么事了？！”不管利久和艾丽卡怎么询问，煌却始终一言不发。他知道戒指不关利久的事，但想到如果开口的话一定会忍不住想要责骂利久的。

利久麻利地生好了火，把煌那湿透的衣服拿到火边烤了起来。

煌无意识地瞥了瞥利久为自己烘干衣服的背影。艾丽卡担心地望着煌，可当煌觉察到时，她却故意避开了视线。现在，两人甚至都不敢直视对方了。

小鸢像是体察到煌的心情一般，默默地走到煌的脚跟旁安静地蹲了下来。轻抚着小鸢的头，此时煌内心的愤怒却转换为一抹深深的哀伤。

利久是自己生平交到的第一个好朋友，自己却因为压抑不住内心的愤怒想要攻击他，这究竟是在胡思乱想些什么，连自己都无法忍受这样的自己，甚至厌恶至极。可是，脑子里只要一想到妈妈那一脸惊愕、深受打击的表情，心情就怎么也明朗不起来，也为这情绪上不了色成不了形，完全无法释放。

夜深人静，大家都已入睡，只有煌翻来覆去、辗转难眠。于是，他起身走出洞窟外，想要冷静冷静。已经睡着的小鸢这时也“嗖”地立了起来，随着煌一起往外走去。

皎洁的月光透过交错的树影洒在地面上。

煌抬起头来望着月亮。本该是球状的满月却意想不到地呈现出一弯娥眉月的样子，静静地绽放着柔和的光芒。

这时，煌想起了老师说过的关于“源”的经纬。世界的本原就是万物“一体”。因为人们不断地玩着“分离的游戏”，才分化成了“个人”，才不断强调“自我”。

如果世间万物本身就是“一体”的话，可为什么，人和人之间还有那么多不同，还有那样大的差距呢？为什么呈现出来有的人什么都不缺，有的人却一无所有呢？

难道就像老师教会我们的，单单只是因为人们的“思考”和“想法”不同而已吗？

难道贫穷、人际关系不顺、疾病等这些都是人的“思考”创造出来的吗？

煌望着月亮陷入了沉思，这时，突然背后一个声音传来，“煌，这月亮跟你好配啊……”

回头一看，原来是艾丽卡，“跟在烈日底下晒得全身黝黑的利久的形象正好相反。”

“艾丽卡……你又是什么形象呢？”

“黑暗。”听了煌的询问，艾丽卡回答道。

“黑暗？”

“因为黑暗将军塔马斯很爱我呀。”

艾丽卡调皮地笑容浮现在脸上，说着坐到了煌的身旁。

“煌，莫非是你家里经济上出了问题？”

“欸？”听到艾丽卡突如其来的问题，煌的内心为之一振。自己的贫穷是不需要任何解释就能一目了然的吧。

“我懂你的感受，因为我也跟你一样。”

“……开什么玩笑。你不是在纽约念贵族学校吗？”

“准确地说是两年前在纽约留学的时候确实比较富裕。可是，今时不同往日了。”

面对艾丽卡这番突如其来的内心剖白，煌有些不知所措，只是静静地倾听着。

“我父亲的公司已经破产了。我们家里几代人都经营着很多产业，曾经确实是一家很有实力的大公司。可是，父亲是一个不知人间疾苦的理想主义者，意气用事，在海外投资的房地产项目失败了，从此公司元气大伤，一蹶不振，最后只能破产了。以前为贷款而向银行抵押的家庭资产、房子和别墅都被查封扣押了，一时间债权人蜂拥而至。更可怕的是，我们失去的不仅仅是钱和房子，以前每周都到我家参加聚会的亲戚朋友全都不见了踪影，一个个都联系不上了。就连邻居家的佣人见到我们，也完全无视我们的问候，甚至会当面嘲笑我们。后来，父母就乘夜外逃了。”

等着看煌的反应似的，艾丽卡停了下来。

可煌却不知道该如何回应才好，甚至连开口说话的勇气都没有。艾丽卡的故事已经沉重到超出了自己所能想象的最大范围。

“那个时候，我正好还在纽约的学校里过着寄宿生活，可一夜之间生活来源就断了。住宿费、生活费、学费是完全支付不出来了，更加雪上加霜的是那时催款账单正好也寄到了我手上。”

“欸，寄给艾丽卡你的吗？！”

“是的，那时向银行借款了。25万欧元，相当于3000多万日元吧。”

“3000多万？！”听到这巨大的金额，煌简直目瞪口呆，“可是艾丽卡，你那时还是中学生吧？是不能借到贷款的吧……”

“你说的没错。可是，我的父母，我也不知道他们怎么想的。他们为我伪造了身份证件，用假身份证去借的款。收入证明也是伪造的，从很多家金融机构一口气借了很多钱，然后就消失了。留给我的只有那一身的债。”

“可是他们为什么要这么做呢？”

“我过世的爷爷是一位商业奇才，有慧眼识人的能力。从小他就觉得我有些从商的天赋，所以从幼儿园开始就教我股票投资的方法。每年圣诞节送我的礼物都是股票，我就通过玩儿这些股票来赚取零花钱，所以那时大家都说我是个很奇怪的小学生。可是，正是这一点拯救了我，虽然我现在失去了亲人、家庭和朋友，可是我还有才能，就是赚钱的能力、发明研究的能力。我用炒股赚来的钱才得以在学校继续念书，就在这期间，一位知道我有些才能的美国富豪收养我做了养女。所以，我现在的生活几乎没有任何困难，不，比起以前，生活可以说是更加富有。”

“原来如此啊……”煌简直无法想象艾丽卡这一路走来波澜壮阔的人生故事，内心涌起一股强烈的敬仰之情。对她为了开导煌而不吝分享自己的故事也充满了感谢。

“煌，这个提议虽然有些难以启齿，可是……”说着，艾丽卡目不转睛地注视着煌。

只见她乌溜溜的大眼睛里仿佛蒙上了一层灰。

“我和你，我们两个人联手找到圣柜怎么样？”

“欸？！你的意思是……”

“虽然很对不住利久……”

“……”煌一言不发。

“我是无论如何都要得到圣柜里的魔镜的。因为现在正生着重病的不是弃我于不顾的亲生母亲，而是拯救我养育我的养母。医生说她只剩下一个月的时间了。如果……如果我连她也失去了……”

艾丽卡说不下去了，眼中噙着的泪水扑簌簌地掉落下来。

不知道该如何安慰艾丽卡，煌在一旁也只得一言不发。

“……我……不……相信利久。”艾丽卡强忍着呜咽。

“为什么？”煌一脸不解地望着艾丽卡。

“利久也是身体出了问题吧……虽然他说他只想要能成为勇敢者的神剑，可是要说能帮助身体恢复健康，魔镜的力量可是要大得多哟。说不定他既想得到神剑，也想得到魔镜呢。”

“不可能……利久绝不是那样的人。既然这样，你应该在之前你说想要魔镜的时候就把你所有的想法都说出来呀。”

“现在，你也好，利久也罢，都没有十足的把握能真正找到圣柜吧，所以说这些也是为时过早。人在得到自己想要的东西之后就会变的，为了守住自己已经得到的东西，任何事情都敢做的，既贪婪又丑陋。我就是这样的人。让利久出局这种事情我也觉得非常卑鄙。可是，人不都是这样的吗。只有忠诚地直面自己的心愿，才能把握住实现心愿的最好的机会。”

艾丽卡说完后，好像催促煌的回应一般，静静地等着煌开口说话。平常她这歪着头认真与对方交流的样子总是让她显得格外美丽。可此时，这般美态并没有让她话中的残酷程度有半点消减。不，她越是美丽，就反衬得她那主意越残酷。

像是等着煌的回复等得不耐烦了似的，艾丽卡继续紧迫地说道：“能成为勇敢者的，只有一个人。被利久夺去也没关系吗？成为勇敢者就能实现所有愿望。你愿意这么眼睁睁地放弃自己的心愿和梦想吗？”

煌更加不知所措。想拿回妈妈的戒指、不想让妈妈再为钱而操劳、想为妈妈找回因为自己而失去的幸福。

背叛利久——一想到此，这探险之旅一路以来的一幕幕就瞬间浮现在脑海中。

“吃吧。”说着将饭团递给自己的利久。

整夜不眠为自己祈祷，熬得双眼通红的利久。

暴风雨中，背起双腿受伤的自己共同前进的利久。

“这跟霸凌是一样的。对不起。”跪坐着向自己诚心诚意道歉的利久。

还有，孩子气地模仿李小龙的利久。

想到这些，煌的胸口不禁一热，泪水涌上眼眶。这每一幕都熠熠绽放着友情的光芒。这每一幕都是活了十二年的自己从未经历过的刻骨铭心的记忆。

“……利久是我的朋友。”煌极力克制着内心的情绪嘶哑地回答道。

“好吧。既然这样，也就是说哪怕成为勇敢者的人是利久——”

艾丽卡的眼神像一把锋利的匕首刺进煌的心脏。

“这，这……”

面对吞吞吐吐的煌，艾丽卡打断他道，“反正还有时间。明天早上之前你给我明确的答复吧。”说着，起身离开了。

望着渐行渐远的艾丽卡的背影，煌的内心依然彷徨不定。

这时，小鸢“昂——”地嘶叫一声靠拢到煌的脚边。

月光照在艾丽卡身上。

艾丽卡也抬起头来望着月亮。

居然能将父母抛下自己逃跑时的事情一五一十地讲出来，艾丽卡自己也感到万分地不可思议。这还是第一次跟人提起。给奶奶买刨冰的趣事也是尘封在内心的角落里，都快要遗忘了的往事。可不知为何，跟煌和利久在一起后，为什么此前自己那封闭的坚冰般的内心就好像开始慢慢融解了一般，艾丽卡脑中一片混乱。

同时，与父母连夜逃走的记忆一同被唤醒的，似乎还有当时自己的内心所有的感情。难以向他人倾诉的绝望、孤独以及恐惧。从那以后，艾丽卡再也不相信任何人了。

想到这里，艾丽卡像是要和自己的过去彻底了断一般不住地摇了摇头，走回了山洞里。

这时，煌依然不想回山洞，于是继续在森林中漫步。月光照不到的郁郁葱葱的树丛里一片黑暗。

伸手不见五指的黑暗好像渐渐污染了煌的心一般。虽说利久是很重要的朋友，但是艾丽卡的提议又真的让人无法拒绝。此刻，煌感到自己的内心就像四周一般一片黑暗。

就在这时，前方不远处传来“啪叽啪叽”的撕碎塑料袋的声音。煌立刻警戒地前进了几步定睛一看，温柔的月光下模模糊糊地看到老师正费力地撕开甜瓜面包的包装袋。

“老师！”

“甜瓜面包真的太美味了。简直是你们人类能创造出来的最美好的魔法啊。”

“我有问题想请教您……”

“是花梨的事吧？工作不顺利现在很烦恼对吧。”

“你怎么知道的？……”

“反正，这森林里发生的一切，还有走进这片森林的人的想法，我全部都知道。这是我的灵魂技艺哦。”

“灵魂技艺？”

“每个人呀，一出生就被‘源’赋予了专属于这个人的独自的才能，也就是灵魂技艺。有的灵魂技艺能帮助人们顺利开展工作，有的灵魂技艺能帮助他们发展自己的兴趣爱好，多种多样，非常丰富。不过，灵魂技艺总归还是灵魂的一种表现。每个人总会在人生的某一个阶段或某一个时刻发现自己的灵魂技艺。一旦发现自己的灵魂技艺，灵魂就会振动。你，利久，还有花梨，你们都拥有与生俱来的灵魂技艺，只是你们暂时还没有发现而已，就像浓雾中迷路的小孩，还在慌乱地徘徊着。只要你发现了自己的灵魂技艺，就能勇往直前了。”

“那要怎样才能发现自己的灵魂技艺呢？”

“那就要使用你的怦然心动罗盘咯。在每一天的日常生活中，选择让自己怦然心动、兴奋不已的事情去做。这样坚持下去，你会发现，你的灵魂技艺一定就在前方，离你越来越近。想想你擅长什么，喜欢什么，这其中都隐藏着灵魂技艺的线索哦。大多数的人没法发现自己的灵魂技艺，正是因为他们从来没有意识到自己能轻易完成的事情就是自己的才能。”

“那我妈妈呢？妈妈要怎样才能找到灵魂技艺？”

“花梨啊。花梨这孩子因为肩负着必须要将你抚养成人的责任和义务，所以她的视野被困住了，变得非常狭窄。”

“承担责任和履行义务这些不都是好事情吗？”煌一脸困惑。

“好事有时候也会变成坏事。‘我应该这样做’‘我必须那样做’这样的想法太过强烈的话，怦然心动罗盘就失效了哦。这也是，那也是，凡事都用脑子深思熟虑的话，就慢慢不会顺从自己的内心了。”

“舞者狂兮，观者痴。”老师“昂唔”大口地咬了一块甜瓜面包在嘴里后，像修验道的修行者一般庄严又低沉地唱念起来。这独特的咒语和老师权威的氛围让煌感到一种无所适从的奇妙。可是，一旁的老师却依然一本正经。

突然，老师手中的甜瓜面包中显示出花梨的影像。

“妈妈！……”

只见花梨趁着工作休息的空当儿，正在购买晚餐的食材。

在琳琅满目的食材中，妈妈拿起了一盒豆腐。这是一盒280日元的棉豆腐。“好像很好吃的样子啊！”煌的耳边传来妈妈的声音。

欸？！煌大吃一惊。影像中妈妈并没有说话啊，可是好像自己能听到花梨内心的声音。

“啊，可是，这个太贵了。对现在的我来说，这样的豆腐太奢侈了。以我的身份是吃不起这样的豆腐的。”只见花梨放下了棉豆腐，换了一盒78日元的普通豆腐。

“因为没有钱，所以选择了最便宜的豆腐。这就是一件坏事。想着自己的身份配不上吃棉豆腐，有这样的想法就说明在她的潜意识中隐藏着‘我没有那么高的价值’这样的观念。”

“因为妈妈没有使用怦然心动罗盘吗？”

“不错。自己的心有没有怦怦直跳？身体有没有轻飘飘的？去感受这样的信号是非常重要的。感受到怦然心动、兴奋不已的感觉后，就为自己做出顺从内心的选择，不断地告诉自己‘我和我所做的选择完美相配’，从而提高和肯定自己价值。自我肯定的感觉提升了，整个人就变得更加丰富了。这可是自然的法则哦。”

“我也是，往往都是因为最便宜啦，别人都这样做啊，之类的理由来决定自己的选择。”

“这样会让怦然心动罗盘越来越迟钝哟。每个人都一样，如果太过在意别人的看法，那么久而久之，自己的感性就会封闭起来，甚至连自己喜欢什么、爱好什么都完全感觉不到了。别人的看法并不重要，最重要的是自己内心的感受。明明就想找到自己身上不同于他人的独一无二的闪光点，可如果行动上还是人云亦云，与他人保持一致的话，你想想结果会怎样？灵魂技艺一定是与众不同的，专属于自己的独特的才能。最开始不要考虑太多这技艺是否会成为以后的终生职业，只需要根据自己心怦怦跳的反应义无反顾地勇往直前！”

煌在做自己喜欢的事情时总是感到无比兴奋，但是一旦不和周围人保持一致，一味追求自己的喜好，就会感到始终面临一种没完没了、似乎永无止境的挑战。一直以来都藏在要做和大家一样的“普通”人的隐形外衣之下的自己，真的能做到万事随心、找到自己的灵魂技艺吗？

老师似乎感受到了煌内心的挣扎与不安，“你可以先从小事做起呀。买零食的时候，就运用怦然心动罗盘选择让自己的心怦怦直跳的那个。大胆尝试一下吧。这些简单的小事会让你收获意想不到的效果哦，一定会是非常棒的体验。”

煌点了点头。老师总是能带给煌无限的力量。

“也就是说，最重要的事情就是做选择的时候要使用怦然心动罗盘。是吧。”

“不错。当你犹豫不定和不知所措的时候，要集中注意力倾听内心的声音哟。”

听完，煌默默地尝试着在心中用怦然心动罗盘感受着刚才艾丽卡的提议。

“事实上，内心兴奋得怦怦直跳，心情非常明朗畅快时，这就是应该前进的道路。相反，如果心中一股阴沉沉的厌恶的感觉袭来时，就是提醒自己应该马上停止的信号是吧。”

“好了，我有答案了——”针对艾丽卡的提议，煌的心中已经做出了决定。此时，心中迷雾散去，一片清朗。

老师传授完重要的教诲，正一脸放松地尝着甜瓜面包。不管是一直为自己传授着深远智慧的长老，还是长老变身后的眼前的这只青蛙，煌都喜欢极了。

太不可思议了！迄今为止，除了妈妈之外，自己还从未对任何人感到过喜欢或者厌恶。可是，自从走入这片森林以来，喜欢的人就越来越多。森林、天空、河流，眼前世界里的一切一切，看起来全都那样美好。

“年轻人，即使胆怯也请继续前进吧，就算失败了，也会变得更有勇气的。”

说完，老师飘然消失了。

第二天早上，煌走到了正在整理行装准备出发的艾丽卡身旁。

“昨晚的提议，我已经决定了……”

“嗯？……”

“对你的提议，我一点儿都没有感到兴奋。所以，我拒绝。”

“我知道了。”

这时，正好利久从两人背后走了过来，“你们刚才说的什么提议？”

煌不禁紧张不已。

艾丽卡却面不改色地镇定回答，“我昨晚试着教唆煌背叛你来着。”

煌吓得一脸苍白。自己背着利久和艾丽卡讨论这种事情本来就很尴尬了。

“怎么可能。”利久玩笑似的回应着，可声音里还是透出无法掩饰的紧张。

艾丽卡又若无其事地说道，“要是真的被这策略攻陷了，就彻底失去了成为勇敢者的资格。我现在真的看明白了，煌和利久你们都是能成为真正的勇敢者的人。今天，我们终于要抵达虹之峰了。到目前为止，你们俩一共得到了四块灵石是吧。”

煌和利久相视点了点头，接着拿出了自己兜里的灵石。

第一块红色的灵石是“恐”。掌握了将意识集中于自己内部，用丹田呼吸的方法。

第二块橙色的灵石是“寂”。找回了自己的“怦然心动罗盘”。

第三块黄色的灵石是“怒”。学会了书写自己的人生脚本，成为自己人生的主人公的方法。

第四块绿色的灵石是“嫉”。明白了控制情感的方法。

利久说道，“要成为能打开圣柜的勇敢者，还必须得到另外三块灵石。我们三个人同心协力，一定能成功的。”

可是……煌点了点头，心中却不禁不安起来。为什么艾丽卡要用背叛利久之类的方法来测试自己呢?

此时，三人都越来越紧张。随着越来越靠近圣柜的藏身之处——虹之峰，隐含着一种沙沙作响的不安和恐惧的紧张感强烈地向他们袭来。

“自己梦想的事物就在眼前的时候是最恐惧的。能得到会很恐惧，得不到也会很恐惧。”

这是来自“源”的启示。

煌的身体开始瑟瑟发抖。好像是为了给煌增加勇气似地，小鸢凑过来舔了舔他的脸。

“小鸢……”煌轻轻地抚摸着小鸢的背脊，它那顺滑的皮毛总是能让自己平静和心安。

妈妈也曾这样说过。

毫无疑问，小鸢在父亲不辞而别后填补了父亲的空白，是我们重要的家人。

冒险结束之后，第一件事就是一定要带着小鸢去海边！小鸢最喜欢的事情就是在叶山的海里游泳。如果最后真的能成为勇敢者，那一定是因为小鸢始终陪在自己身边吧。

“谢谢你，小鸢。”

“汪！”小鸢响亮地回复道。它使劲儿地摇着尾巴，好像把尾巴都要摇断了似的。

三人一犬前行的道路越来越崎岖。

刚到了一个小山顶时，下一步就是陡峭的谷底。而且，站在小山顶放眼望去，眼前尽是连绵的山峰。完全没有一丝印记可以看出这里到底是哪里。

继续往前走了好一阵子，突然，森林又开阔起来。眼前铺展开一片广阔的向日葵花田。比煌的身高还高一倍的向日葵绵延生长着。

一行人一边撇开向日葵一边继续往前。仅仅是撇开向日葵的枝叶往前走就已经让人筋疲力尽了，可另一件事情更是让他们备尝艰辛。只见火辣辣的太阳毫不客气地直射着向日葵花田，三人在烈日下艰难前行，没有半点遮挡，稍不注意就好像患上了日射病一般。这时，利久充分发挥着自己的领导才能，有序地安排和控制着休息和补水的时间与节奏。正好在第五次停下来休息时，小鸢像是感觉到什么似的，朝着向日葵花田的前方尖厉地吠叫起来。煌和利久也紧张起来，全神贯注地倾听着前方的动静。

突然，一群蜥蜴男一窝蜂地袭击而来。

利久挥起球棒全力应战，可是终究寡不敌众。

“快逃！”利久大声发出信号。

煌让艾丽卡背上了自己的书包，接着自己紧紧地拽住书包肩带后发动书包飞上了半空中。

从空中看下去，利久很快被大批敌人包围起来。

“该怎么办……”煌急得团团转。这会儿艾丽卡背着书包在空中呢，所以不能像之前那样急速下降发起书包攻击了。

一眨眼的工夫，利久就被团团围住了。

蜥蜴男们反扣住利久的双手，使他动弹不得，接着从利久的帆布背包里取走了黄色的灵石，随手把利久狠狠地扔到地上。看上去，他们真正的目标应该是灵石！

可是，这石头就好像有灵性似地飞出了蜥蜴男的手心，朝利久飞了过去。蜥蜴男们大乱阵脚，惊慌地又朝利久突进，想要再夺灵石。

说时迟那时快，灵石飞回利久手心的瞬间，利久又将它向煌抛了过去。

煌张开手掌“咻”地一接，灵石正好稳稳地收在了手心。

艾丽卡不禁感叹道，“原来灵石能读懂主人的意图欸。”

“读懂意图？”

“利久想让你抓住灵石，灵石就飞到了你手里，而蜥蜴男们本已经抢到手的灵石也飞了。这灵石真的太神奇了……”艾丽卡感叹地说道。

蜥蜴男们对拿到灵石的煌穷追不舍，可是面对飞在空中的煌和艾丽卡，蜥蜴男们简直束手无策。

“艾丽卡，抓紧了哦！”煌提醒艾丽卡后，将书包降落到了利久身旁。

“利久，快！吊上来！”

利久机敏地抓住书包另外一边的肩带。

书包飞行器又急速上升到空中。

“哎呀！真了不起！煌，我们飞起来了！”悬吊在书包下方的利久兴奋地大叫。

突然，一大批手持火枪的蜥蜴男从向日葵花田的四面八方冒了出来，朝着三人猛烈攻击。

枪炮的流弹“咻咻咻”地从煌的耳边掠过。

他因恐惧而僵直地蜷缩起身体。这时，书包肩带突然像生物一般发出“哔哔哔”的警报声。定睛一看，原来是煌紧紧抓住的肩带眼看就要被扭断了。看来肩带已经无法承受煌的体重了。不，一个小小的书包如何能承受得起三个人的重量呢。

就在这千钧一发之际，小鸢猛地扑向了一个正举起手枪想要射击的蜥蜴男，狠狠地一口咬在蜥蜴男的肩膀上。

“去死吧！——”蜥蜴男发出愤怒的金属音一般的悲鸣。即便如此，小鸢依然执拗地死咬着他不肯松口。

“小鸢！”煌大喊道。

“快跑！”打算逃向森林里的三人将书包迅速回旋掉头，改向森林飞去。

小鸢在向日葵花田里拼命地追着三人往前跑着。

“砰！”突然耳边传来一声凄厉刺耳的枪声，瞬时不见了小鸢的踪影。

“？！”煌慌乱地折回向日葵花田。

这时，蜥蜴男们像是接到了统一的命令一般，集体撤退了。

煌与利久、艾丽卡从书包上降到地面，焦急地搜寻起小鸢来。

“小鸢！”

“你在哪里！”

三人用尽全力的喊声在向日葵花田里此起彼伏。

发疯了似地一株株拨开高高的向日葵往前搜寻着，突然，让人难以接受的一幕忽地出现在煌的眼前。

小鸢腹部中枪正血流不止，但它依然挣扎着朝煌靠过来。

身负重伤的小鸢东倒西歪地走了没两步，突然用尽了全身力气一般扑通一声轰然瘫倒在地。

“小鸢！”煌拼命地跑过去一把抱起小鸢，全力地呼喊着它的名字。

小鸢微微地睁开了眼睛，默默地凝视着煌。

“小鸢……”

利久和艾丽卡也跑了过来，看到小鸢依然健在才松了一口气。

小鸢的眼神像是有话要说一般，一动不动地拼命地望着煌，渐渐地，变得越来越无力，越来越无神。

“小鸢！”

煌声嘶力竭地呼喊着小鸢，天堂也好，地狱也罢，煌不想让心爱的小鸢离开自己半步。“小鸢……不要丢下我一个人！小鸢……求你了，我求你了醒醒吧……”

“小鸢！”

“撑住！撑住！小鸢！”利久和艾丽卡也紧张地呼喊着。

可是，此刻的小鸢已经宁静地躺在煌的怀里，一动不动。

“小鸢，摇摇尾巴吧……求你了，你快摇摇尾巴吧。你要是走了……谁陪我一起去找爸爸呢……我说过等我长大了我要带着你一起去美国的呀……我们不是说好了，要让爸爸和妈妈破镜重圆的嘛……小鸢……”煌紧紧地抱着小鸢，悲痛地想要唤醒它。

可是，没有任何回应。

啊——一切都被夺走了……煌伤心欲绝。

为什么？！为什么这故事要这样来书写！

利久从背后伸出手轻轻地拍了拍煌的肩膀，紧咬着牙关安慰煌道，“煌……小鸢……小鸢它已经走了……”

“胡说！我绝不相信！小鸢永远和我在一起！”煌激动地推开利久的手。

利久和艾丽卡将小鸢埋葬在了向日葵花田里。

煌抱着双膝呆坐在一旁，泪眼婆娑地望着这一切。

利久在埋葬小鸢的地方堆砌了小土堆，艾丽卡摘来鲜花供奉其上。

煌默默地坐在一旁，好几个小时过去了，一言未发。

到了下午，利久终于催促道，“我们抓紧时间上路吧。要是再不出发的话，今天是肯定到不了虹之峰了。”

“我不走。”煌喉咙里好容易才挤出几个字。

“欸？！……”

“我不会再往前了……要不是我非要想着成为什么勇敢者，小鸢就不会出事了……我……我才是一切不幸的元凶……”

“哪有的事——”

煌打断了想要安慰自己的利久，“因为我的出生，爸爸和妈妈都饱尝了艰辛。小鸢是爸爸留给我的唯一的最珍贵的朋友，却也因为我而……要是没有我的话，这一切都不会发生了……我是个哪哪儿都不行的废物……”

“煌……”利久坐到了抱着膝盖蹲坐着的煌的正对面，“你才不是什么不幸的元凶。你好几次都救了我的命啊……要是没有煌的话，我们也绝不可能一步一步走到现在。”

煌满含泪水地呆呆地望着利久。利久的眼神从未如此严肃和真诚过。

“煌你之前不是也说过吗。正因为我的不完美才让你感觉到亲近，让你感到越来越喜欢我……我也是一样的哟。有些事情你做不了，我才有机会能够帮助你。有些事情我做不到，你也是尽全力帮助我的。我们俩就是这样一路搀扶，互相帮助和支撑才走到了现在。或许你身上确实有些不足，但是我也一样啊。正因为我们都不完美，才更需要彼此不是吗？就像小鸢对你而言是非常重要的存在一样，你对我而言，也是绝不可替代的最重要的伙伴呀。”

“利久……”煌一时不知该如何回答。利久的话已经深深地烙进了他的内心最深处。

“小鸢离开，我们每个人都非常痛心和遗憾。可是，小鸢最大的心愿不正是希望我们都振作起来找到圣柜吗？”

煌看着埋葬着小鸢的土堆，感觉小鸢就在那土堆上活蹦乱跳似的。

细细想来，这么多年来，不管煌做了什么，小鸢从来不会批评和反对他，一直默默地陪在煌的身边。带领自己走入这片森林的，不是别人，正是小鸢。

小鸢，可能你一直坚信着我能成为真正的勇敢者是吗？哪怕全世界的人都认为这是无稽之谈，只有你，总是默默地守护着我、支持着我实现梦想。

记忆中的小鸢，总是尾巴都要摇断了似地开心地晃着尾巴。

“也许你说的对……小鸢也希望我们梦想成真吧……”煌抬起头来看着利久。

利久说道，“我们继续往前吧！完成我们的冒险旅程！煌，你的力量不可或缺！”

“……”煌正想开口说话时，突然察觉到艾丽卡不见了。“艾丽卡去哪儿了？”

“欸？对啊。她去哪儿了呢。明明刚才还在这里来着……艾丽卡！”利久大喊着艾丽卡的名字，却没有任何回应。

身旁的向日葵又高又密，完全挡住了两人的视线。

两人费劲儿地拨开向日葵，呼喊着艾丽卡的名字在附近来回搜寻。

“艾丽卡！艾丽卡！你在哪儿？！”

煌的心中涌起一阵不祥的预感。“该不会，艾丽卡被……”

正在这时，“煌！”不远处传来了利久紧张的声音。

煌朝着声音的方向拼了命地拨开向日葵，走近一看，利久正一脸愕然地站在那里，手里拿着一只黑白条纹的运动鞋。

“这鞋，是艾丽卡的！”

“……看样子她已经被塔马斯一伙抓走了。”

“快走！”煌焦急地说道。

“煌。”

“我们去把艾丽卡救回来。我不想再失去任何人了。”面对煌异常坚定的口吻，利久点了点头。

两人正要出发去救艾丽卡时，老师出现了。“看起来，你们俩终于下定决心要成为真正的勇敢者了嘛。即将得到一样东西时就意味着必须要放弃其他的东西。要是双手都占满了的话，可是抓不住那些大型物体的哦。”

煌不禁咬了咬嘴唇。

利久不满地向老师发牢骚，“您都胡说些什么呀！照您的意思，如果我们真的下定决心要成为勇敢者，我们就必须失去小鸢？”

“小鸢确实很可怜……”老师的眼睛眯成一条缝似地看着煌。

煌也不满地瞪了回去。

“你的悲伤，还没有通过着色和成形释放掉吗？”

“没有。”煌毫不犹豫地回答道。“我可不想通过着色和成形就释放掉内心的悲伤……就这样悲伤着就好……可能还会放声大哭……可能很长一段时间里我将比死还难受……但这样也没关系……因为这样的心情会时刻提醒我小鸾是多么重要的存在……”

老师止不住地点了点头。

这时，天空中一块青色的灵石飘然而来落到了煌的手中。摊开掌心，只见石头上刻着的“哀”字闪闪发着亮光。

“第五快灵石代表着‘哀伤’。煌，你已经跨过了哀伤这一关了。”

“可是真实的情况是……我心里依然满满的哀伤。”煌一时摸不着头脑。

“这完全没关系。你已经吸收了哀伤，认可了哀伤，你自己已经为充满了哀伤的自己举了OK牌。我想没有比这更强的应对哀伤的方法了吧。吸收了这种情绪和情感之后，就会将其内化和改变。哀伤最终将变成爱。”

煌紧紧地握住青色的灵石，渐渐地，心越来越温暖。他将手放到胸前，“小鸾就在这里……永远……永远……都和我在一起。”

利久也感同身受地点了点头。

“煌，青色是表现的颜色。你一直以来都不敢吐露自己想说的事情。可这第五块青色的灵石，正好具有增强沟通能力的效果。以后，你一定要多勇敢地表达自己。当然，最开始的时候这需要很大的勇气，但是这第一步的勇气真正将带着你走向那让人难以置信的未来哦。”

“我明白了。”煌点了点头，“老师，艾丽卡现在遇到大麻烦了。

可以请您帮忙救救她吗？”

老师的眼中浮现出哀伤的神色，看上去从未如此苍老和无神过。

“那个孩子已经无可救药了，她属于魔界。”说完这句，老师便忽地消失了。

煌和利久一脸愕然，两人面面相觑不知所措。唯一可以确定的是，危机正一步步向艾丽卡逼近。

第六块灵石：“蓝”

煌和利久终于到达了虹之峰的半山腰。一路过来，没有发现半点艾丽卡的踪迹，就连塔马斯和蜥蜴男们也全然不见了踪影。

“只要我们找到圣柜，塔马斯一定会现身的。所以，我们还是赶紧先找到圣柜的隐身之处吧。”

对于利久的提议，煌并无异议。

但是，圣柜到底藏在哪里呢？

要怎样才能得到最后两块灵石呢？

眼前的山异常陡峭，是不可能轻易就爬上山顶的。山体斜面的角度已经接近90度。

看着一筹莫展的利久，煌提议道，“我们闭上眼睛，试着听听自己内心发来的信息。”

于是两人坐到路旁的岩石上，闭上了眼睛，有意识地进行着深呼吸，心慢慢地宁静下来，在意念中浮现出老师的身影。

“我脑中看见老师了。”利久说道。

“嗯，我也看见了。”煌刚回答完后，“不错，不错。”突然，耳边传来了老师的声音。

两人睁开眼睛一看，老师真的就站在眼前。

“冥想之后你们的直觉会更加敏感，压力什么的会一消而散，注意力反而更加集中。因为这时，大脑中影响学习和记忆力的、非常重要的灰白质增加了。”

“灰白质？”

“简单来说，就是指的神经细胞。神经细胞减少的话，就会变得非常忧郁和健忘哦。史蒂夫先生就是一位非常出色的冥想家。”

“史蒂夫先生？”

“就是乔布斯。你们没听说过他吗？”

“啊，iPhone的创始人。”利久迅速反应过来。

老师接着说道，“比尔·盖茨大叔呀，麦当娜小姐啦，啊，还有利久你最喜欢的棒球手铃木一郎[1]，他们都常常冥想的，所以表现才越来越好的嘛。”

“老师，我们想知道的是圣柜具体的藏身之处。”煌焦急地问着，只见老师以锐利的目光盯着煌的眼睛。

“这么心急的人，是绝对无法找到圣柜的。”

“可是如果不快点找到的话，艾丽卡就！……”利久抗议似的前倾

---

[1] 日本爱知县西春日井郡人，效力于美国职棒大联盟纽约扬基队。1991 年被欧力士蓝浪以第四指名选中，1994 年以片假名（Ichiro）在一军登录，当年创下日本职棒单季最多的 210 支安打，并缔造太平洋联盟最高 3 成 85 打击率，之后创下连续 7 年都取得打击王的日本纪录。

着身体。

“你太激动了。冥想可以帮助你镇定下来哦。”

看着老师不紧不慢、优哉游哉的样子，煌也是一肚子气。但是，转念又想起，迄今为止老师说的话好像从没错过。

“您说的这冥想什么的，到底要怎么做嘛？”利久极不情愿地询问道。

“关键就是呼吸。要集中注意力和意识关注鼻孔里微微的气息通过的感觉，身体挺得笔直。这样，思考和想法就会不断地涌出。有时候会爆发出强烈的情感，有时候会看见不可思议的光芒，有时候会产生某种不可言喻的体验。但一直沉浸在这种感觉中可不行，呼吸将带你回到现实，呼吸能将人的意识带回到‘此时’‘此地’。”

“‘此时’‘此地’？”煌第一次听到这样的说法。

“也就是此刻人在这里，这种真实的情境。大多数人，很多时候身体在这里，但是意识早已经飞到其他地方去了。对自己的失败懊悔不已而思绪飞回到过去啦，对将来感到强烈的不安而心思已经飘向未来啦之类的。还有，紧张的工作中却思考着晚饭到底要吃什么呀，正吃着饭又焦虑起工作的事情来了。人的意识很多时候都飞到了距离‘此时’和‘此地’很远很远的地方去了。而只有呼吸，是‘此时’‘此地’最真实的存在。因此，让意识重新回到呼吸上，让意识重新集中关注到呼吸上，也就是所谓的回到‘此时’‘此地’哟。”

“回到‘此时’‘此地’后，就能收到‘源’传来的信息吗？”煌满脸好奇地问道。

“不，你们自己就能变成‘源’。”

“欸？”

“只有在‘源’和你们自己处在完全分离的幻想中时，才会从‘源’传来信息。但是，世间万事万物本就是‘一体’的。当你们自己变成了‘源’后，你们自己就成为了信息，成为了行为，成为了歌，成为了舞，成为了呼吸。”

老师看着煌和利久，像是确认两人的理解能力一般继续说道，“也就是找回了自己与世间万事万物的关联。换言之，自己搭上了完美的宇宙之舟，不再是世间孤立的存在了。”

“我还是不太明白……”利久无奈地摇了摇头。

煌正打算用“大脑”深入理解老师所说的话时，突然觉察到某种非常重要的东西忽地消失了。他用心去倾听、去感受，只觉一股巨大的能量从身体的最深处涌起，身体扑腾扑腾地轻盈膨胀起来，像是要马上爆发了一般。

这是非常非常重要的感觉，或许会为人生带来真正的变革。大脑的理解跟不上也很正常。不一会儿，这种感觉越来越强烈。

“那么，眼下这一瞬间，最重要的事就是自己的心就在此时此地是吗？”

煌瞪大了忽闪忽闪的大眼睛望着老师。

“不错，可以说这是最最重要的。”老师点了点头，“我再教给你们另一个与之相关的要点。”

煌和利久都站直了身体，恭敬地听着。

“那就是，不管自己变成什么样子，都要认可自己，为自己点赞。”

“不管自己变成什么样子？”利久不可思议地问道。

“不错。当煌失去小鸢的时候，他不也认可和接受了那个哀伤而脆弱的自己吗？这就是不管自己变成什么样子都认可自己呀。”

“不管什么样子，也就是说，自己要是变成了满肚子坏心眼的样子，也要认可自己？”利久脱口而出地反驳道。

“不错。”

“变成懦夫的自己，也要认可？”煌也一头雾水。

确实在小鸢离开的时候，自己接纳了那个哀伤到濒临崩溃的自己。但是，说到心术不正的自己，嫉妒他人的自己，懦弱的自己，愤怒的自己，是无论如何也不能认可和接纳的呀。而且，要是真的认可和接纳了这样的自己，后果真是不敢想象。

“那怎么行，认可自己是个懦夫了，不就完全不会有长进了嘛。”利久说出了煌心中想说的话。

“不不不，正好相反。不管自己变成什么样子都无条件地接纳和认可，会有奇迹发生的。”

“全面肯定连自己都厌恶的那个自己……”利久耸了耸肩膀，依然觉得这是天方夜谭。

“不管变成怎样，自己都是最棒的！要时刻有这样的觉悟。”

“怎么可能做到呢？”煌也表示怀疑。

“实在做不到的话，就假装做到，试着假装喜欢和认可所有的自己，这样也可以的。”

“您说会有奇迹发生……到底会发生怎样的奇迹呢？”利久一肚子的疑问。

“这可不是一两句话就能描述清楚的，反正会发生你们意想不到的奇迹。但是，我现在还不能告诉你们。因为告诉你们后会让你们产生先入为主的观念，效果就不好了。体验这东西啊，最好还得从零开始自己去尝试。总之，从现在开始，不管自己变成什么样子，不管自己身上有多么令人厌恶和反感的地方，都请做到肯定、接纳和认可自己吧。”

老师的口吻从未如此坚定。“要实现自己的目标和梦想，最重要的事就是行动。与其反复去思考采取怎样的行动，更重要的是确定要用怎样的意识去展开行动。Be比Do更重要，意识更重要。是抱着‘我不行’这样的前提意识去尝试行动呢？还是坚信‘我能做到’去积极地参与挑战呢？结果将有云泥之别。所有的现实都是从你们对自己的态度，对自己所抱的信念中衍生和映射出来的。因此，在全面认可和肯定自己的基础上，一心一意地去做自己喜欢做的事情。这样一来，就能从被乌云笼罩的自己原有的框框中‘砰’地跳脱出来。你会发现，在这框框之外，梦想正朝你一步一步靠拢过来。不是去追逐梦想，而是变成了被梦想邀请过去。然后，在这个次元中就会开始发生你们意想不到的奇迹。”

老师一动不动地凝视着两人。透过老师的眼睛，两人仿佛感到身体里被注入了老师那深远的智慧，就像是对两人殷切的期望与真诚的祈愿一般。

“年轻人们，记住，梦想的大门只会对有思想、有想法的人打开。”

说着，老师的身影再次消失无踪。

煌告诉利久，自己需要一点思考的时间。

一种直觉告诉煌，老师的教诲是迄今为止所得到的最宝贵的东西。要将这些教诲完整地消化成为自己的思想，他需要一点个人的时间和空间。

煌回到了冥想中。

他想方设法将注意力集中到呼吸上，可怎么也做不到。头发的事依然不停地扰乱他的心智。

要认可和接纳自己的一头蓝发——只要一想到这里，全身就止不住地颤抖起来。这是比与全人类为敌还让他感到恐惧的事情。

要是被利久知道了我一头蓝发的事，他会有怎样的反应呢……

其他人又会有怎样的反应呢？说不定在叶山城里再也住不下去了。岂止如此，说不定人们还会散布谣言说我这是传染病，把我送进像监狱一样的医院里隔离起来！

即使如此，也要全面肯定和认可这样的自己。

难道就这样战战兢兢、半途而废地让自己消沉颓废下去吗？

煌越想越恐惧。

“勇气！改变想法也好，付诸行动也罢，最需要的就是你的勇气！勇气是谁也给不了你的，只有靠你自己！你要成为自己最忠诚的伙伴，最可靠的支持者！”

此前从未收到过的这则讯息灵光一现地飞进煌的脑中。

煌“呼”地深深地松了一口气。

这趟旅程中无数的画面和场景又重新苏醒。

当听说圣柜要是落入塔马斯之手，世界就将变得一边黑暗时，自己居然不由得脱口而出“我要成为勇敢者！”时；濒临死亡的边缘，看到妈妈的影像又重燃起了求生的意志时；乘着书包飞行器，用芒果做武器与塔马斯大战时；用书包攻击蜥蜴男的头部，救出艾丽卡时；面对着嫉妒利久的自己的内心时……

这些一切的一切，在做之前，煌是完全没有想到过自己居然能够做成功的。

还有面对死亡的恐惧时，放松下来冷静应对后，也终究平安无事了。

凡事在付诸行动之前都是最恐惧的。或许真的应该放手一试。

这样的尝试可能会让你感到可能马上会死的恐惧，也可能会让你发现自己是否真的有敢于挑战此事的决心和意志。

唯一需要的就是勇气！唯一需要的就是是否敢于站上未知舞台的意志！

煌睁开了双眼，像是对世间万物宣誓一般，“我，全面肯定、认可和接纳我自己。我就是最棒的！我无限地深爱着我自己。”

去森林里侦查回来的利久吃惊地望着煌，望着这个从未见过的如此坚定有力的煌。

这时，利久不由得睁大了眼睛，只见煌的头发眼看着就渐渐变成了蓝色。

湛清纯正的蓝色头发，仿佛和湛蓝的天空融为了一体。

“煌……你的头发！……”

看着利久一脸错愕，煌才意识到自己的头发变成了蓝色。

“我一出生就是一头蓝色的头发……果然……你也觉得我，真的很奇怪？……”想到了自己可能会被利久厌恶，为了驱散内心的不安，煌主动问道。

“哈哈哈哈哈！”利久不禁笑出声来。

真的这么好笑吗……果然……自己已经染了近六年的头发了。现在这头蓝发到底变成什么样子了，煌自己连想不敢想象。

“你说什么呢。你这样子真的太酷了！”利久啪地拍了拍煌的肩膀。

“这么酷的头发，为什么要隐藏到现在呢？！”

煌完全没有想到利久居然是这般反应，不，可以说利久的反应和自己的预测完全相反，一时他竟不知道该如何回答。

只是，此刻煌的心中涌起一股强烈的意志——再也不想自己骗自己了。

此时此刻，虽然自己胆怯又不知所措，但还是要为这样的自己奖励一朵小红花。

于是，煌取下了眼睛里黑色的隐形眼镜，眼睛又变回了蓝色。

那通彻透明的蓝色！

利久目不转睛地盯着煌的双眼，深深地吸了一口气。

“煌……你的眼睛……多好看啊！……”

蓝色的头发和蓝色的眼睛。利久，这就是真实的我哟。

煌的内心深处涌起一股震颤的感动，不知该如何表现，只得兴奋地高高地跳了起来。

啊——已经控制不住身体里的洪荒之力了。迄今为止，封印的力量都要一口气发泄出来似的。

煌每往上跳起一次，就不由得发出会心的大笑。

煌的喜悦从身体中如放射波一般发射出来，辐射和感染了利久。利久也不禁大笑起来。

两人就这样，笑着、跳着、跳着、笑着。

煌内心不断喷涌而出的喜悦终于平静了下来，他对利久说道，“利久，你知道吗，在这之前，我应该是全世界最厌恶我自己的一个人。我深信不疑，蓝色头发的自己是个怪物，没有任何价值。最讨厌我的人，不是别人，正是我自己。第二讨厌我的人也是我自己，第三讨厌我的人还是我自己。被同学欺负，被家人抛弃，这些统统都是因为我认为自己是一个理所当然被人厌弃，没有任何价值的存在……”

一旁的利久第一次这么静静地倾听着煌那内心隐藏了多少年的雄辩。

“如果，我给这样的自己也贴上小红花的话，那么其他人就谁也不会讨厌我了。不，还有人讨厌我的话，就是‘讨厌’我的那些人他们自己有问题，那是他们必须自己去面对的事，一点儿都不关我的事了。我可不相信什么要看淡别人对自己的厌恶。根本看都不要看，理也不要理。只要爱自己，做好自己，就能变得自由！”

煌像是乘着风要起飞了一般。

“利久，热爱自己是能开心过好每一天的最有力量的方法哟！”

利久也像领悟到了什么似的大声喊出，“我们的思想能够创造当下！”

煌一个劲儿地点头。“对！我们自己本身就充满了力量！明白了这一点就能为自己竖起大拇指了！”

“耶！就好像收到了幸福特使快递过来的门票！”

“我们得把这方法也教给艾丽卡！”

突然，煌的脑中灵光一现，飞过一句话：“鹤与龟的正中间。”

“鹤与龟是什么意思？”煌一头雾水地小声嘀咕。

“鹤与龟？”

“嗯，我脑中闪过一个讯息，说是鹤与龟的正中间。”

“难道跟龟兔赛跑有什么关联吗？”

紧锁眉头、百思不得其解的利久，突然望到了山的斜面的顶部，指着那里说道，“是那里！”

煌朝利久手指的方向定睛一看，原来面对着湖的一座山的斜面顶上，并排立着两块看起来神似仙鹤和乌龟的大岩石。

“圣柜一定就藏身在那正中间！”

两人迅速动身朝着两块岩石的方向跑步进发。

来到岩石处后，利久拿出球棒丈量着鹤岩和龟岩之间的距离，在两岩正中间的位置站定了。

“我们手里一共只有五块灵石。老师说过只有集齐了七块灵石才有打开圣柜的资格。”

煌点了点头。就算我们顺着这个中心点一直挖下去找到了圣柜，可我们还是没办法打开它。

“怎么办？”利久一筹莫展。

往下挖的过程中说不定灵石会出现呢！想到这里，煌建议无论如何先挖起来吧。

两人完全无法想象圣柜到底在地底下多深的地方，也完全没把握到天黑之前能真的找到它。可从眼前的情形看来，没有比尽早行动更好的方法了。

可是，两人连挖土的工具都没有。

煌展开了素描本，画了一幅利久和自己拿着轻巧又便捷的铁锹的画。虽然没有自信这样便捷的铁锹能马上出现，但只要有一丝希望都得试试看。

接着， 两人开始一心一意地挖土了。可地面非常坚硬，根本不是徒手就能挖动的。为了让沮丧的情绪重新振作起来，两人互相鼓励着，又热火朝天地重新挖了起来。

忽然，不知何时，两人的脚边出现了两把铁锹，和煌画中的样子一模一样。

“太神奇了！”利久不禁感叹。

就在这时，两人被不知从哪里冒出来的一群蜥蜴男团团围住。

蜥蜴男们手上也拿着同样的铁锹。

“煌，糟糕了。好像你画出铁锹的同时，也把蜥蜴男们招来了。”

煌也深深地倒吸一口冷气。这时，只见上百的蜥蜴男们将两人紧紧围住。两人想要乘坐放在一旁的书包飞到空中突围时，突然书包被蜥蜴男们抢走了，还有利久的球棒，也惨遭横夺。

军队一般的蜥蜴男们分成两列相视而站，中间空出一条长长的走道。只见塔马斯从走道的那头缓缓走来，依旧是黑色的披风和白色的面具。

煌和利久与塔马斯面对面地对峙而立。

“艾丽卡在哪儿？”煌问道。

塔马斯一言不发地向两人举起手里的东西。

煌和利久震惊了。那是艾丽卡最珍爱的无人飞行器的遥控装置。

果然是塔马斯抓走了艾丽卡。

“艾丽卡没事吧？”利久问道。

“暂时。”面具下面传来一个低沉含糊的声音。这声音让人感觉不到任何感情，极度压抑和克制。煌整个人都僵住了。

完全看不懂这家伙到底想干什么……没有感情的人是没有底线的，什么事都能做得出来。

“把艾丽卡还给我们！”煌上前一步厉声说道。

塔马斯发怒了一般抬了抬下巴，只见无数的枪口瞬间对准了煌。

煌吓得咬紧了牙关，只听见牙齿咯咯作响。正因为这样，刚才他才故意上前了一步。如果退却的话，就是在潜意识里相信自己真的是个懦夫。这样一来，就会映射成为现实，对方便能感觉到自己是个懦夫吧，从而陷入一个永不停止的死循环。煌感到自己一定要从懦夫的死循环中走出来。于是挺起了胸膛，怒视着塔马斯。

面具后面又传来塔马斯的声音，如同来自地狱的回响一般。“把灵石给我！我才是上天指定的灵石的主人！”

“我们要是不给呢？”利久愤怒地回应道。

“那我就杀了艾丽卡。”塔马斯冷冷地撂下这句。

努力掩饰起内心的动摇，煌死死地瞪着塔马斯。“艾丽卡在哪儿？”

“先给我灵石。”塔马斯回答。

“只有确认艾丽卡是安全的，我们才能给你。”利久说道。

塔马斯口中“啧”了一声，动手操作起手中飞行器的遥控装置来。

只见飞行器高高地飞了过来，正好降落到塔马斯的脚边。塔马斯取下飞行器上搭载的摄像头，扔给了煌。

按下播放键后，艾丽卡出现在了影像中。只见她被绑在一棵树上，看上去痛苦又无助。“救命，救救我，煌、利久……!”

“艾丽卡！”

煌和利久心痛到说不出话来。

该怎么办才好！……

煌愤怒地握紧了拳头，恐惧从煌的身体里消失了。也许是看见艾丽卡的身影后，一心想要救出她的强烈的愿望战胜了内心的恐惧，也许因为对手段卑鄙的塔马斯燃起了满腔的怒火。利久的内心也感同身受。

塔马斯继续说道，“把灵石给我，我就放了艾丽卡，还有你们俩。”

“你骗谁呢！”

利久怒斥着塔马斯的谎言，煌也点头同意。

“你现在就把艾丽卡带到这里！这样，我们就相信你。”

塔马斯的嘴角浮起一丝残忍的奸笑。“你们是不是搞错了。你们觉得自己有选择的权利吗。要是不按照我说的做，现在我就杀了艾丽卡。”

塔马斯扬了扬下巴。这时，两列蜥蜴男们集体转身打算原路撤回。

“煌！”利久悲鸣般地大喊道。

“利久……”煌看了看利久，然后摇了摇头。两人未达成一致。

看着煌从兜里掏出了四块灵石，利久说道。

“你把灵石给了他，他得到圣柜后，黑暗力量就将支配全世界了！”

“我明白……但是我不能对艾丽卡见死不救啊……”

“我也一样……”利久也从口袋里掏出了一块灵石。

煌已经下定了决心，“我们不能放弃，要坚持到最后一刻。先假装答应塔马斯的要求，让他疏忽分心。只要不放弃，应该会有逆转的机会！”

“啊，跟棒球比赛一样！只要不放弃，比赛就不会结束。”

“而且……”煌支支吾吾。

“怎么了？”

“而且我在想，世界应该不会这么容易地落入黑暗势力之手的。可能会有那么一两次，看起来黑暗势力好像要得手了。可是，世界上有像我妈妈一样心地善良的人，还有小鸢……还有利久你。我到今天才发现原来世界有多美好，有这么多美好的人。所以，这样纯净又美好的世界可能会遭受一些磨难，但是我坚信它不会消失。”

利久瞪圆了眼睛，钦佩之情油然而生，“哇，原来那个嘴笨的煌去哪里了呀？”

“给嘴笨的自己也要奖励一朵小红花呢。”两个人互相打气似地说着俏皮话。

煌好喜欢利久此时的态度。在眼前这万分紧要的关头，利久却表现得格外轻松，一定是在常年的棒球比赛中养成了越是面对艰苦的比赛，就越要放松心情，轻松上阵的心性吧。

塔马斯打断了两人的对话，“你们决定了？”

煌和利久点了点头，伸出灵石渐渐向塔马斯靠近。

灵石啊灵石，请像指引我们一样，将你们的下一位主人引向真实吧。

煌在心中默默地祈祷着。接着，交出了灵石。

塔马斯伸出手来，正打算接手灵石的那一瞬间，突然，平静的湖面上波澜四起，好像有什么东西要破湖而出一般。

只见暴风骤雨般的水花飞溅到眼前，蜥蜴男们被强烈冲击而摔了个底朝天。

探出湖面的物体身形无比巨大，根本无法看清它的全貌，只见它以一飞冲天的气势从水中升腾而出。仰起头来定睛一看，活生生的一条巨龙。

这巨龙居然有七个头。此时煌“哈!”地吸了一口气，突然回想起来，之前从木筏上跳入湖中捕鱼时，潜入水底看到的闪闪发光的蛇鳞，一定就是这条巨龙了。

平时一向勇猛的利久也吓得全身发软，瘫倒在地。

煌赶紧跑过去扶起了利久。

利久也不好意思似地试图掩饰内心的羞愧，大声叫嚷道，“这趟冒险之旅，果然不会草草结束呢。居然让我们遇见了这样的怪物！”

确实是太不可思议了。简直是糟糕透顶，要怎样才能杀出重围呢。

前有塔马斯，后有恶巨龙。

“能打倒这条巨龙的人，才是真正的勇敢者。”说着，塔马斯举起右臂振臂一呼。于是手持火枪的蜥蜴男们齐刷刷地将枪口对准了巨龙，在塔马斯的一声令下，开足火力猛烈攻击。只见巨龙的身体被无数的子弹命中，眼看着它往后微倾不断闪躲，就要倒下时，突然又挣扎着立起了身体，张大嘴巴，喷出巨型火焰。转而七个龙头同时对准蜥蜴男们喷出熊熊火焰，旋即将蜥蜴男们一扫而光。

接着，巨龙的一个头上的两眼放出红光，恐怖地瞄准了塔马斯的假面，又喷出火来。

塔马斯飞快地转移，意图躲到鹤岩背后，但说时迟那时快，火焰已经到了跟前，轻松地熔掉了他的面具。

看着面具后面呈现出来的那张脸，煌和利久都惊呆了，脑中一片空白。

面具背后是惨白的艾丽卡的脸。那张脸上没有了让两人都倍感亲近的笑容，只有一副让人难以靠近的冷若冰霜的生铁般表情，简直变了一个人似的。

“艾丽卡？……为什么你要扮成塔马斯的样子？！”利久惊讶又不解地问道。

“不对！艾丽卡就是塔马斯！”一股强烈的冲击和冷静的笃信窜至煌的脑海。

这样想来，之前发生的很多事情就顺理成章、合乎情理了。在艾丽卡与两人同行期间，塔马斯一次也没有现身过。况且，她还极力挑唆自己背叛利久。

对了，还有老师！老师之前说过他与塔马斯的频率相差太多，完全不可能出现在同一空间里。确实当艾丽卡在场时，老师从未出现在三人面前过。

塔马斯带走了艾丽卡，扬言要杀掉她，这也完全是她自导自演，目的一定就是为了胁迫两人交出灵石。

两人受到了巨大的震动，连一向乐观的利久，也说不出一句玩笑话了。

被自己信任的人背叛，就像心口被尖锐的利器撕裂开来一般，一种无言的剧痛涌上煌的心头。

“艾丽卡……为什么是你？！为什么你要向黑暗势力出卖你的灵魂？！”煌痛苦又挣扎地问道。

此时的两人依然愿意相信眼前的“艾丽卡”才是真实的，依然愿意相信她不是塔马斯。煌和利久深情地注视着艾丽卡，在内心默默地祈愿着，多么希望她抬起头来亲口回答自己“我不是塔马斯”！

可是，艾丽卡满不在乎似地冷冷地看着两人，“把灵石交给我！我不会让你们得到圣柜！我才是支配世界的王者。”

就在这时，只见巨龙扬起尾巴，发出剧烈的嘶吼声，而后又急速降下尾巴。

在龙尾的旋风下，煌和利久都被吹得老远。

禁不住愤怒而狂暴的巨龙的恐吓，蜥蜴男们纷纷落荒而逃。

艾丽卡，不，塔马斯也满脸不服气地紧随蜥蜴男之后，颤颤巍巍地逃走了。

煌和利久呆呆地望着她狼狈逃走的背影。

那真的是艾丽卡本来的面目吗……依然难以接受的情感动摇着煌的

心。

那个跟自己一样饱尝贫困艰辛的艾丽卡。

那个被父母抛弃，背着高额债务的艾丽卡。

最开始艾丽卡并不是黑暗世界的人，难道不是这样吗？是无情的大人们将她推向了黑暗世界。

束手无策的煌，此刻只想将心中的困惑与压抑大声喊出来，发自内心的无比绞痛的哀鸣。

“这个世界！太丑陋了！我要成为勇敢者！创造出每个人都能幸福生活的和平、善良的世界！”

重新下定了决心的煌，拾起落在一旁的书包，背上书包又往半空飞去。

他飞去不远处捡回了球棒递还到利久手中。

“重新出发！”利久坚定无比。

两人望着彼此。

“走！出发！”煌的眼神似乎也在召唤利久。

“啊，这就出发！”利久的想法也通过眼神传递给了煌。

和巨龙的战斗正是寻找圣柜的最后一步“登龙门”。要想最终得到圣柜，这场大战不可避免。

两人都为这场战斗做好了牺牲生命的思想准备。

自己终于找到了愿意用生命去守护的东西，煌的内心不禁一震。

能来到这个世界，真是太好了……

“自己是活着的”这真实的感觉第一次充盈了煌的每一寸身体。

这时，他感悟到，活着最大的意义就是甘愿失去生命去拼命守护想要守护的东西。

当煌终于明白了这一点时，看了看利久，利久的眼神告诉煌他也做好了同样的心理准备。此刻的利久，对煌而言，是伙伴，是朋友，更是勇气。

不害怕死亡，只要做到了这一点，就再也不是懦夫了。

煌再次坚定了自己的内心。

我要守护年幼时候的艾丽卡，不让黑暗侵入她的心灵。

我要守护美丽的妈妈，守护善良的世界。

于是，煌和利久一起朝巨龙走去。

七头巨龙剧烈地扭动着身躯，也向两人靠近过来。利久举起球棒准备应战，可看上去完全不是巨龙的对手。

煌和利久启动了书包，飞到了半空中。面对飞到眼前的两人，巨龙往后仰了仰巨大的龙头。

一时间，狂风大作，水花飞溅。

两人迅速飞绕到巨龙背后，从巨龙的视线中消失了，可一瞬间，七个龙头上的十四只龙眼从四面八方聚拢而来，将两人团团包围住，没有一点儿间隙。

“眼睛！”

“源”的声音传来。

“利久！瞄准龙眼！眼睛是它的要害！”

煌驾驶书包飞到龙眼面前，触手可及。

巨龙全力张大了龙口，眼看就要吞掉二人时，煌咻地调转了书包方向，回旋飞到另外一侧。

利久举起球棒狠狠地刺进了龙眼中。

可是，巨龙似乎毫发无损。依然灵活地挡住两人撤退的去路。

“啊！”煌猛地反应过来。

“利久，刚才那龙头是幻想的！真正的龙头一定是这七个中的某一个！只要找到真正的龙头，我们就赢了。”

煌和利久再次启动书包，飞到龙头旁边。

巨龙好像要喷火了。要是直接正面攻击的话，两个人完全不是巨龙的对手，分分钟会丢了小命。

只是幸运的是，巨龙并没有喷火，而是将头往后仰了仰，以便观察清楚两人的动向。

哪个才是真正的龙头？

“镇定下来，试着进入光球中。”

两人构想出了光球。

煌闭上了眼睛，利久将所有精神集中到了球棒上。

煌的内心里，嘈杂声渐渐消逝，迄今为止从未体验过的“静寂”袭来。

莫非，这就是“无”？

忽地，煌的脑海中灵光一现。接着，他睁开眼睛，将手指向七个龙头的其中一个。

“那个！那个龙头就是巨龙真正的头！”

利久高高地跳了起来，挥起球棒猛刺入那个头上的龙眼中。

巨龙张大了龙口，喷出长长的火焰。

利久被这火焰挡住攻势，落入湖中。

“利久！”煌快速地启动了书包飞向利久坠落的方向。飞到靠近湖面处，伸出手一把抓住了利久的手。

“抓住了！”利久用尽全身力气爬上了书包，两人再度起飞，瞄准了龙眼准备再次攻击。

就在这时。

煌仿佛感到龙眼深处有某种意识传来。

一阵惊愕向煌袭来。

“利久！等一下！等一下！”

眼看利久的球棒已经到了龙眼前，转眼就要刺上了。煌却挺身飞到了球棒前方。

“嘣！”球棒狠狠地击打在煌身上。

“煌？！你为什么？！”

被球棒击倒的煌，整个身体一坠而下。

突然，巨龙纵身挺起长长的脖子，轻飘飘地从半空中接住了正高速坠落的煌。

煌跨骑在了巨龙背上。

看着一脸愕然的利久，煌扬起脸大声说道：“利久，这巨龙是为了考验我们是否是真正的勇敢者！它是在守护圣柜！”

煌的声音刚落，巨龙的六个龙头突然消失了，剩下的一个龙头张开了巨大的龙口。龙口中出现一颗闪亮的灵石，径直向煌飞来。

那是蓝色的灵石。

煌抛给利久细看。一把接住灵石的利久定睛一看，石头上一个“我”字闪闪发光。

煌从“我”走进了“无”的境界，所以才从七个龙头中发现了真正的龙头，并且看穿了巨龙是圣柜的守护神，是勇敢者的伙伴。

第六块蓝色的灵石，可以增强人的感知能力，坚定人们对所走的道路的信任。

现在，已经集到了六块灵石。

还剩最后一块了。

圣柜近在咫尺。

利久望向煌。跨坐在龙背上的蓝发少年，龙鳞和蓝发在阳光下熠熠生辉，将四周染成了一片金黄。

莫非——为了最终让他登上龙背，煌才承受了天生就一头蓝发的试练。

利久的脑中闪过这个念头。

蓝色头发的煌——我不可替代的密友。

但是，难关还未结束，还有最后的试练。

这时，站在鹤岩顶，惬意地吃着甜瓜面包的老师，淡定地自语着，“年轻人们，黎明之前是最黑暗的，宝贝即将到手的时刻是最危险的。”

第七块灵石：“紫”

巨龙将煌放到鹤岩和龟岩之间后，便潜入湖中消失了。

煌和利久在鹤岩和龟岩的正中间拼命往下挖，突然，感觉手下已经触碰到什么硬物似的，莫非真的挖到了圣柜，两人兴奋得手舞足蹈。

可赶紧挖起来一看，只是一块硬邦邦的岩石。利久失望地叹了口气，没想到煌却指着这石头兴奋地大叫起来，“快看这里！”

岩石上刻着一排英文：“Arinoto over.”

“Arinoto over……这是什么意思？”不知不觉，利久的心中流露出一丝遗憾，“艾丽卡要是在的话就好了。”

此刻的煌也哀伤地皱紧了眉头。他仰面望着天空，那湛蓝清澈的天空，看上去如此和平的天空下，却充斥着纷争、好斗、互相残害的人。最终导致了“分离”——“源”呀，世间万物本是“一体”的，为何又要开始这残忍的“分离游戏”呢？！

既然都是“一体”的，就不应该有善与恶，光明与黑暗这样赤裸裸的分离呀！

煌的想法变成了祈愿。

想要回归“一体”。

利久打断了煌的沉思，“蚁行之路！……”

“欸？”煌看着利久。

“Arinoto over的意思就是蚁行之路。我想起以前我们全家去长野[1]旅行时，在户隐山听过这个说法。蚁行之路就是太过狭窄，只能通过一列蚂蚁，好像当地将这样的道路就命名为蚁行之路。在这座山里，一定也有一条蚁行之路。”

“怎么才能找到这个地方呢？”

“我们登上山顶，从最高处往下看或许就能看见了……”

“你是说登上这座山……”煌抬头望了望陡峭的山体，没有任何设备，徒手攀登的话太危险了。

“煌，你忘啦，我们有最强的武器。”说着，利久的眼神瞟了瞟煌的书包。

啊！煌笑出声来。对对对！启动书包，从空中搜寻蚁行之路就可以了。

于是两人启动书包升到了空中。飞到山顶附近，往下望去。可怎么也没寻到陡峭险峻的路。

两人正想着这到底是怎么一回事时，忽地，一道轻柔的粉色光线飘到了两人面前。

“利久，你能看到这粉色的光吗？”

[1] 位于日本本州岛中部，处于关西、关东之间，观光资源丰富，被称为“日本的瑞士”，是日本屈指可数的观光县。

“嗯，就在面前——”

粉光像是两人的向导一般。

“跟着这道光走，你有没有感到心怦怦的，很兴奋？”

“嗯，我的心怦怦跳。煌，你呢？”

“当然！”

两人启动书包飞行器，一路追随着粉色的光球。

光球降落在湖对面的另一座山的半山腰上。

只见这里的山体高耸入云，一条细细的小路出现在两人的视线里。不，这根本称不上是路吧，只能容下一只脚，一个人侧着身体应该才能勉强通过。飞到狭路正中央时，光球消失了。

“就是这里！”煌和利久小心翼翼地降落到地上。这是由一块一块的岩石联结而成的蚁行之路，异常险峻，稍不留神就可能摔落下去。岩石上也没有任何可供人支撑和缓冲的植物，一失足真的就会坠入深渊。

“圣柜怎么可能藏在这种地方嘛？”利久不可思议地说道。

煌警戒地四处观望，突然，他的视线捕捉到不远处的一个横穿飞过的物体。

“那，那是……无人飞行器！”煌迅速判断出来，“一定是塔马斯跟来了！”

就在这时，塔马斯带着蜥蜴男们现身了。

“给我活捉！”塔马斯一声令下，手持大刀的蜥蜴男们迅速向两人扑来。利久将煌护在身后，举起球棒准备应战。面对蜥蜴男们挥舞而来的大刀，利久敏捷地以球棒还击。失去平衡的蜥蜴男们接二连三地滚落山谷。说起平衡感，还是煌和利久更胜一筹。蚁行之路上的战斗看起来对小个子的他们更加有利。可是，蜥蜴男倒下一批又来一批，接连不断地向两人袭来。数十个蜥蜴男排成一列似地挨个发起攻击。这时，煌察觉到利久已经有些抵挡不住这攻势了。

煌再次启动了书包，对着利久大喊一声，“抓紧了！”

看着两人升到空中，塔马斯怒火冲天。

“我绝不会饶了你们！给我杀！”收到命令的蜥蜴男们，掏出火枪，数十支枪齐齐朝两人发射攻击。

煌让书包一会儿向上、一会儿向下，像蛇一般蜿蜒而行以躲避子弹的攻击。可攻势越来越猛，子弹如雨点般密密地扑打过来。只见一枚子弹掠过煌的脸颊，顿时血流不止，红色的鲜血随风飘散。

见状，利久忍不住大骂起来，“搞什么呀！刚才不是还说要活捉吗？这会儿就把人往死里逼！简直忍无可忍！煌，瞄准塔马斯，急速下降！利用速度，我用球棒敲破他的脑袋！制服了塔马斯，蜥蜴男们就会群龙无首，落荒而逃吧。”

“……”

“煌，怎么了你？”

煌很少这么一言不发的呀，利久忍不住开口问道，“你是不是……无论如何也没法想象艾丽卡就是我们的敌人吧……”

“艾丽卡也是被黑暗势力所蛊惑的。那不是真正的艾丽卡，那是叫做塔马斯的黑暗将军，那是企图用丑恶支配世界的恶人！”

“恶人也是从‘一体’中分离出来的一部分。”

在自己的声音中，煌的内心涌起一阵让人警醒的感觉，就像找到了一直苦苦追寻、求而不得的答案一般。

“咻！”一颗子弹擦肩而过。

“煌！你要是这样说的话，我们可就死定了！你不愿意干掉塔马斯，那让我来收拾他！”利久愤怒又焦急地大喊道。

像是为了平复利久的怒火，煌非常冷静地说道，“利久，塔马斯跟我很像。不，他就是从塔马斯这面镜子里照出来的我自己的样子——”

“欸？你到底在说些什么？”

“塔马斯也天生就充满了苦难和苦恼。他来到这个世界后就不得不面对贫穷、面对背叛、面对痛苦又未知的未来！”

“所以呢？！”

“我求你了，利久，不要把气撒到塔马斯身上。你向他发泄越多的愤怒，他的力量反而会越强大。人的愤怒、憎恶都会变成他的能量源，让他越来越强大。”

“那应该怎么办？难道我们就这样等死吗。”

煌闭上双眼。“快！集中意识做出光球！我和你的光球重合在一起就会变大，大光球就能包裹住塔马斯。”

按照煌的指示，利久也闭上了双眼。这期间，蜥蜴男们加大火力向两人发起了更加猛烈的攻击。

“不行不行，这根本就做不到嘛。我又不是甘地[1]！甘地老爷子他曾经说‘不能和攥紧的拳头握手’。那个，煌大导演，我们现在的处境

[1] 印度民族解放运动的领导人和印度国家大会党领袖。他的精神思想带领国家迈向独立，脱离英国的殖民统治。他是现代印度的国父，是印度最伟大的政治领袖，也是现代民族资产阶级政治学说——甘地主义的创始人。

活脱脱就是这句话啊!”利久一边唠唠叨叨不停，一边别无选择地集中意识做着光球。

煌和利久的光球重合在一起后，砰地变大了一倍，其中的磁场似乎也变强了。两人在意念中，用巨大的光球将塔马斯裹围起来。

煌屏息凝神地说道，“塔马斯不是敌人。敌人在自己心中。我心中的邪恶、欲望、狠毒，等等，这些内心的黑暗面只是通过塔马斯的肉体呈现出来了而已。”

枪声停止了。

睁开眼睛后，塔马斯说道，“要投降吗？在得到圣柜之前，我也不想就这么轻易杀掉你们。”

煌开口呼唤道，“艾丽卡！”

这声呼唤传来，塔马斯不由得往后退了退，利久也心中一惊。那音色仿佛能溶解世间最冰冷、最坚硬的物体一般充满魔力。

“本将军不是什么艾丽卡！我是塔马斯！”

“塔马斯。”煌再次冷静地呼唤道。接着，降落在塔马斯面前。

“你为什么想要得到圣柜？”

“为了我，不，为了我所属的组织能够控制全世界。”

“控制了世界之后呢？”

“消灭全世界的伪善者！那些打着为社会做贡献的旗号大把赚钱的商人，那些把人民玩弄于股掌之中却假惺惺地低下头的政客，那些明明就该倾听孩子的心声却代他们行使了一切权利的父母。一看到这些表里不一、言行不一致的家伙，我就感到恶心！”

“那你觉得他们表面漂亮事都不做了，毫无保留地展现黑暗的内心，这样就是一个更宜居、更美好的世界？”

“人人都忠实于自己的欲望而活的社会就是一个最直接、最不浪费资源的社会。这样的社会将淘汰掉所有毫无存在价值的无能的人，而被世界所选择的有能力者们将控制全世界，粮食不足等几乎所有的社会问题都不再是问题了。”

“塔马斯，世界上没人任何一个人是无能的，每个人都有自己的天生的独一无二的才华。”

塔马斯对煌诚恳的见解嗤之以鼻，“哼！这种人在哪儿啊？我从来没见过！世间之人，全都是金钱和权力的奴隶！”

“这只是因为很多人都还没有意识到自己天生的才能！因为他们还不知道这才能就是自己的灵魂技艺！我已经下定决心要找到自己的灵魂技艺！”煌想进一步靠近塔马斯的内心，真诚地说道。

“真愚蠢！”塔马斯说道，“培养艾丽卡的组织说过，优秀的人都是天生的，只有被上天选择的优秀的人才拥有引领世界的权力。”

“你说的组织就是救了你的那些人？”

“组织救了艾丽卡。他们进一步挖掘、延伸、发展了她的能力和才华。”

在塔马斯口中，艾丽卡简直就像是另外一个人格。煌却不管这些，继续说道。“当失去父母的时候，拯救艾丽卡的只有所谓的组织是吧？因此，我想你那时是别无选择、不得不顺从组织吧。但是，从现在开始，你可以选择全新的生活方式！”

听了这话，塔马斯盛怒到全身颤抖，“别一副你什么都懂的样子！你个毛头小子，怎么会明白被自己最信任的人背叛，只能被流放到异国他乡的艾丽卡的心情！这是个黑暗的世界，只有战胜了背叛，战胜了竞争对手的胜利者才能继续生存的黑暗世界！”

煌一动不动地凝视着塔马斯的眼睛，“我不这样认为。”

塔马斯像是要说什么似的，用恶狠狠的眼神回敬了煌。

此时，煌却毫无畏惧、掷地有声地说道，“艾丽卡！回来吧！回来和我们一起！”

“回哪里？”塔马斯紧锁着眉头，“艾丽卡早已经无处可归了。”

煌拿出素描本打开展示给塔马斯。

吃着刨冰的艾丽卡、利久、煌，还有小鸢。所有人都开心地笑着。

“这究竟是在干什么？！”塔马斯的声音里满是任性的愤怒。

“是我们在一起吃刨冰。而且，这次给你买了绝对不会融化的刨冰，一定能将它送到你奶奶手上。”

“胡说什么。奶奶她早就，早就——”

“一切都还来得及。还有人在等着艾丽卡送去的刨冰，还有人想让艾丽卡展现笑颜。”

“艾丽卡！回来吧！回来和我们一起！”利久也呼唤着艾丽卡。

“艾丽卡……”仿佛能融化北极的冰雪，煌的声音。

“……为什么！”塔马斯嘶哑地吼叫着。

“……为什么，为什么你们会这样信任别人？为什么要信我？我是要杀了你们的人呢。”

煌回答道，“我已经明白了眼前的所有人，所有事，都是我自己的一面镜子。你，也是我的一部分。我已经完全认可和接受了自己内心的欲望、邪恶、脆弱。不管多么丑陋的自己，我都宽容和接纳了。所以，我相信你，我相信艾丽卡，我相信塔马斯。”

听了煌的话，塔马斯最后一道防线被击溃，无力地跪倒在地，只见白色的面具一片片剥落，化成豆大的泪滴从脸上滑落，那是艾丽卡的脸！

“艾丽卡……”煌呼唤着她，声音中仿佛包含着“我爱你”般的深情回想。

这声音传入艾丽卡耳中，直灌心灵，泪水止不住地流了下来。

“煌……”

“艾丽卡！”利久跑过来抱住艾丽卡的肩膀。

只见蜥蜴男们集体怒吼惨叫着，争先恐后地往前方逃窜。

接着，刚才蜥蜴男的占领处山崩地裂，地上裂出一片空间，老师出现了。

“出现在你们眼前的任何一个人，都是映射自己的一面镜子哟。当你们面前出现一个让你讨厌的人，让你无法应对的人时，正是你最好的机会，可以找回抽离出自己身体的那部分。总是做禁忌之事的狡猾之人，总是不愿躬身行事的懒惰之人，总是披着正义外衣的伪善之人，总是欲望无穷、行骗他人的罪恶之人，你们想要否定和批判的所有人，都正好让你们看见了自己身上最阴暗的部分。宽恕是最强的力量。当宽恕了自己眼前的对手时，就等于宽恕了自己身上最阴暗的部分，并把它带回了正途。反之亦然。只要宽恕了自己身上最阴暗的部分，恶人就将不复存在。当你们身上最阴暗的部分都变得光明时，就没人能比你们的人格更强大了。这才是真正意义上的勇敢者。”

说完，老师抬头望向天空。

煌、利久和艾丽卡也抬起头望着天空。

遥远的天空中出现了绯红的晚霞，云的那端飞来一块灵石，紫色的灵石在夕阳的映照下熠熠闪亮，并从容地朝煌飞来。

煌摊开手心，定睛一看，只见紫色灵石上一个“空”字正闪烁着光芒。

煌将灵石展示给利久和艾丽卡。

“天空？”利久询问道。

“应该是空空如也的‘空’吧。”

“空……”

“这是做回自己人生的主人公的证据。在佛教的禅宗中，‘主人公’意味着‘本来的自己’，这是中国唐朝高僧瑞严彦禅师之语。瑞严彦和尚每天都要自己出声警告自己说：‘主人公。’复自答：‘在这儿。’希望不要迷失真正的自己。”

“嗯，我是主人公的话，那老师就是我的配角咯？”利久又开起老师的玩笑。

“我肯定是我自己人生的主人公呀。”

人人都是自己的人生的主人公——煌不禁想到，人人都拥有掌握自己命运的力量。这是多么了不起的事情啊。

老师接过话头，“第七块紫色灵石可以帮助人更快更好地与神圣能量连接起来，可以帮助人们更加清晰地领悟自己人生的目的。”

已经集齐了七块灵石。红色是“恐”，橙色是“寂”，黄色是“怒”，绿色是“嫉”，让他们了解到灵魂技艺的存在是第五块青色的灵石“哀”，明白了自我存在的是蓝色灵石“我”，最后，让他们领悟到全世界都是自己的一面“镜子”的是紫色灵石“空”。

此时，只见一条巨龙从晚霞中腾跃而来。煌和利久都吃惊地睁大了眼睛，不知为何就在这时，两人恍然大悟，这巨龙好像是“源”的另一位使者，专程来迎接一行人的。

巨龙飞到一行人面前。

“乘坐上去！”老师说道。

煌和利久望着老师，感慨万千，眼中噙满了热泪。正是在老师的指引和帮助下，两人才一路走到现在。

如果没有老师的指引，或许一路将有更多崎岖与坎坷，说不定两人早就已经放弃了。

“老师……”感恩的话想要说出口时，却不由得思绪万千，泪光闪闪。老师体贴地接过话头，“赶快上路吧，你们瞧，我也要哭了。”说着，激动地擦了擦眼角的泪水。

“谢谢您，老师。”煌和利久紧紧地拥抱了老师。

老师悄悄地对煌耳语，“如果你能帮我画一幅我每天都吃着甜瓜面包的样子，我会很开心的哦。”

煌“噗”地笑出声来又点了点头，“当然可以！”

煌和利久乘上巨龙之背后，向艾丽卡伸出了手。

可艾丽卡却摇了摇头，“现在的我不能和你们一起去……我会在刨冰店里等着你们。”

利久看了看煌，煌点了点头。“那我们出发吧。”

载着两人的巨龙腾空而上，朝远方飞去。

望着他们慢慢消逝在云端的身影，老师感慨道，“年轻人们，能助你们实现梦想的大神就是你们的勇气。让你们的勇气之花盛放吧。”

巨龙载着两人跨越了时空和次元。

到达如神殿般的目的地后，巨龙放下两人，像是有话要说似地目不转睛地凝视着煌。

突然，煌从巨龙的眼睛深处感受到一种久违的怀恋，巨龙却忽地躲开了煌的视线腾空而起，飞到两人的头顶盘旋回转，宛如在向两人告别“再见，永别了”。

“谢谢你！巨龙。”煌大声地朝巨龙道谢。

“谢谢！谢谢！”利久也不住地挥着手。

整座神殿都是由透明的水晶建造而成。地板和柱子都光溜溜又晶晶亮。

走上台阶，只见形如神轿的圣柜正庄严地置于台阶的最高处。

“这，就是圣柜……”两人感慨万千，一步一步向圣柜靠近。只见眼前四根曲线优美的脚柱支撑着水晶制成的立方体盒子。

两人走到圣柜前，从口袋里掏出七块灵石，只见灵石飞起，悬空排成一条直线——“赤”“橙”“黄”“绿”“青”“蓝”“紫”，每块灵石都骨碌碌地旋转起来，绽放出七色的光芒照向圣柜，像是在灵石和圣柜间架起了一座七色彩虹桥。

片刻之后，更神奇的事情发生了，只见圣柜的盖子像自动门一般轰地慢慢开启。

煌和利久朝圣柜中探头一看，神剑、魔镜和古玉正一样不少地整齐地置于其中。

瞬间，两人都犹豫了。得到神剑就可以实现所有的愿望，两人中到底谁才能得到它？

利久缓缓地伸手拿起神剑，水晶制成的剑身被拿出圣柜的那一刻，旋即绽放出炫彩夺目的光芒。

利久把神剑递给煌，“煌，应该得到它的人是你。”

“不，利久你拿着就好了。”

“煌，你得到了六块灵石，你才是勇敢者。你想要创造一个和平又友善的世界不是吗？”

煌摇了摇头，“利久你也能做到的。而且，利久治好了肩伤后不是还要参加世界大赛吗？”

“你不是说过要帮妈妈赎回她最心爱的戒指吗！要带妈妈摆脱贫穷不是吗！”

“嗯，我是要带妈妈摆脱贫穷！”煌掷地有声地说道，“可是我相信我已经能靠自己的力量实现这个目标。等回去之后我就和妈妈一起找到我们身上的灵魂技艺。原来的世界和这里有些时差，可能在短时间内现实不会有太大的改变。但是，我坚信自己能够做到，有了这样的信念，我想我不再需要其他任何东西了。”

“嗯，我也一样。等我治好了肩膀，我会努力说服父母我不想成为医生，我想成为一名职业棒球手的。如果他们还是不同意的话，我会努力让自己更强大，用自己的能力去说服他们。”

两人互相谦让着神剑。

突然，就在两人推过来、让过去的谦让中，神剑猛地分裂成为两半。

“啊！”

这，这简直出乎两人意料之外！历经无数艰辛才找到的神剑，这历代风流人物都求之而不得的宝贝，居然就这样坏掉了。

两人惊慌失措。

就在这时，一分为二的神剑突然变成了两个圆圆的光球，在两人眼前飞旋了片刻后瞬间分别飞入两人的身体里。只见两人心脏跳动的位置像被点亮了一般，七色的光芒如脉搏般闪耀。神剑似乎已经认可了两人都是真正的勇敢者！

“煌……”

“利久……”

两人都感到身体里的光球似乎已经成为自己的“生命”本身，激动不已。该如何表达这种感受呢，就是“认可了自己的一切”的感觉，就是稳稳地接住了一种巨型能量的感觉，就是整个被接纳、被激活了的感觉。“自我”的“个体”融解了，“世间万物”都归于无。不，万物归无的同时又万物重生了。这是一种从未体验过的安心感。

无限的喜悦，还有巨大无边的能量，却又宁静无声。这是什么？

莫非，这就是“一体”？

“带回去，分享给世间众生吧。”

传来了“源”的声音。在毫无分离感的境界中传来了“源”振聋发聩的回响。

“煌！”利久吃惊地抬头望着煌。利久也听到了“源”的讯息。

接着，煌的身体中，似乎有一股巨大的力量炸裂开来，那是一股强烈的冲动爆发在他的“意识”中。

"啊，利久……这不是一股特别的力量。这是任何人，只要渴望就能拥有的力量！我们的使命就是去传播给所有人，通过我们的体验去告诉他们！"

利久也心领神会般地用力点了点头。

"我们可以在一片和谐之中创造自己的人生。"

"啊，这一路历经艰辛才意识到力量原来就在自己心中——一转头才发现这力量其实早就在这里了。从我们的'生命'降临的那一刻开始，这股力量就一直如影随形，从未离开过。"

此刻，两人置身于一种超越感动的、深深的心灵震颤之中。

他们明白了，这股心灵的震颤无须特意传播，只要胸中发出七色虹光之人感悟到这震颤后，它就能自然而然地传遍全世界。

此刻，两人才恍然大悟，打开圣柜的盖子原来是这么一回事。

煌和利久又将目光落到了圣柜里的魔镜和古玉上。魔镜是直径约摸20厘米的手持镜，古玉是直径30厘米左右的球体，全都是由水晶制成的。

煌取出魔镜递给了利久。利久手持着魔镜，对着镜子照了照，只见镜中一股特异的能量骨碌碌地流动起来。弯弯曲曲，没有定型，仿佛万花筒一般。神奇的事情发生了，利久的肩伤痊愈了。

"啊！……"震惊到不敢相信的利久脱下了T恤。发现之前肿大的肿瘤患处已经光洁如新。激动的利久呼噜噜地来回转着胳膊，简直停不下来。

利久激动得眼泪都快掉下来了。

“我有机会参加选秀成为职业球手了！”全力想要挤出笑容表达喜悦的一张脸，却止不住地泪流满面。

“嗯嗯，我明白，你做到了。”煌也轻声附和着激动的利久，此刻，两人间没有了相互戏谑的玩笑话，而是与对方心性相通、同生共感地号啕大哭。

两人举起手臂，将手紧紧地握在了一起。

“该你了，煌！”利久催促着煌取出古玉。

煌从圣柜中拿起沉甸甸的古玉。

“古玉可以为我们再现历史。可以再现拥有者最想看的一个历史场景。”

煌想起了艾丽卡的话。

“我最想知道的一个历史场景……”煌小声叨念着却无半点主意。

知晓历史的真相就像是打开了潘多拉的魔盒。去了解那些被隐藏的历史真相，这对人类来说，真的是好事吗？或者，那些被隐藏的历史真相真的是我最想要知道的吗？

我最想知道的事情——思考良久的煌终于抬起头来对着手中的古玉说道，“爸爸……我的父亲，现在在哪里？请古玉告诉我他这些年的经历。”

只见古玉如同具有意识的精灵一般，瞬间发出亮光，在亮闪闪的球体上呈现出一位美国军人的身影。

地点是在遥远的异国他乡。只见美国军人的脸在球面上渐渐拉近。

“爸爸……”

煌的心中充满了对父亲的怀恋。

突然，只听咚的一声巨响，地动山摇，穿着军装的爸爸和大批军人一时间四处飞散。一定是炸弹爆炸了。

在漫天的沙砾和烟尘中，被冲击波拍倒在地面上的爸爸挣扎着仰了仰头。

看到爸爸的模样，煌不禁倒吸一口冷气，悬着的心提到了嗓子眼儿。

只见爸爸满身是血，右臂被炸断，不知所踪。

突然，古玉里的场景切换到了美军的医院。

画面里是坐在病床上的爸爸和一个穿着美军制服、戴着眼镜的男人。

“离婚吧，我不会再回日本了。”爸爸像是做出最后的了断一般，“好的，我明白了。”制服眼镜男说完后，手拿着文件离开了。两人的对话明明是英语，不知为何，煌却全都听懂了。

爸爸就这样抛弃了妈妈和我……煌的内心一阵绞痛，就像是烧红的烙铁直插心脏一般。

场景再次切换了。为什么画面里出现了圣柜所藏身的森林。

脱下军装的爸爸正奋力地在鹤岩和龟岩之间往地下挖着，看着只剩下左手作业的爸爸，让煌心疼不已。

爸爸也来过这里吗？！

为了成为勇敢者？

煌正百思不解时，突然，湖面割裂开来，一条巨龙从湖中升腾而起，向爸爸攻击过来。

爸爸手持着明晃晃的日本刀与巨龙勇敢对峙着。

七只龙头同时喷出火焰，向爸爸无情袭来，只见爸爸刚勇地挥舞武士刀，砍落了一只龙头。简直是一场殊死搏斗！爸爸连续砍落了六只幻象龙头后，将刺刀刺向最后一只真龙头。

巨龙口中发出从未曾听过的巨大而瘆人的惨叫声后扑腾倒下。爸爸战胜了巨龙。可是，就在那一瞬间，他似乎自己也觉察到了，这巨龙是为了鉴别他是否是真正的勇敢者，才向他发起了挑战！是万万不可杀掉的！爸爸永远地失去了成为勇敢者的资格！

被绝望所击倒的爸爸痛苦地跪倒在地，紧接着他抬起头来凄厉地大声喊道，“‘源’哟，请让我做你的仆人吧！让我成为传递你想法的使者吧！”

无助的爸爸不停地呼喊着，突然，老师出现了。“你想要什么？你想取回失去的手臂吗？”

爸爸无奈又苦楚地笑了笑，“要是能换回我失去的东西，这手臂，一只也好，两只也罢，我可以全都不要。”

“那你想找回的曾经失去的东西是什么？”

“我……我伤害和抛弃了自己愿意用生命守护的人……”

“那是你的什么人？”

“是我最爱的妻子和儿子……儿子天生一头蓝色头发……我一时无法接受，认为他是个怪物而抛弃了他们……直到离开之后我才明白……儿子对我来说是多么重要！多么重要！”

“如果你意识到自己做错了，那就应该及时纠正错误，重新开始不是吗？人从失败中才能学会成长。在什么地方跌倒，就要在什么地方站起来。”

“不……”爸爸痛苦地伏地，“我犯下的错误是不会被原谅的。”

“为什么你认为不会被原谅？如果得到圣柜，你想实现什么愿望？”

“我，我想创造一个不会有人再犯和我一样错误的世界……我想创造一个能够善待所有人的社会……若只有我一个人改过自新，回头守护妻儿，世界依然不会改变，我的儿子依然要面对世人的冷眼。所以，我想要改变世界……”

“但是你失败了。”

“啊。我没能成为真正的勇敢者——但是，我可以为前来寻找圣柜的有志之人守护圣柜，将圣柜安全的交到真正的勇敢者的手中……”

“这……这就意味着你再也回不去原来的世界了哦。”

“回不去也没关系……只要能出现真正的勇敢者，只要我的儿子——煌能够过上幸福的生活，我就安心了。”

“可能真正的勇敢者一时半会儿不会出现哦。‘源’已经等待了几百年，依然还是没能等来真正的勇敢者。至今为止，来到这里的，也只有一个你而已。正因为如此，我才得到了特许，得以来到这里和你对话。”

“几百年，不，再等几千年也没关系。请赐予我生命力活到那时，我向您保证，一旦真正的勇敢者找到圣柜，我的生命即可自动消逝。请让我等到那一天，请让我守护圣柜直到那一天。”

“这将万分孤独……”老师也曾亲历过那不可言喻的孤独感，他感同身受地说道，“那意味着，从此以后，和自己最爱的人就再也不能说上一句话，再也不能亲眼看看他们的容颜了哟。”

“没关系。”爸爸决心已定。

“我明白了，你闭上眼睛吧。”

爸爸闭上了双眼。

这时，天空撕裂开来，一道炽烈的强光像落雷一般打到爸爸身上。

突然爸爸痛苦地在地上翻滚起来，片刻之后像虾一般蜷曲着身体瘫倒在地。同时，刚才被父亲刺倒的巨龙慢慢苏醒。巨大的身躯重新升腾起来，被砍落的七只龙头也“咻”地重新长回龙体，龙眼恢复了灵气，目光如炬地望着老师。原来，是爸爸的灵魂注入到了死去的龙体里，让巨龙复活。

变身为龙的爸爸喷出巨型火焰，像跟老师告别似的，接着转身悄无声息地潜入了湖心。

“爸爸……”

煌一时间泣不成声。

原来巨龙就是爸爸……为了守护我……他甘愿化身为龙等待百年，等待千年……

煌彻底崩溃了。

利久默默地靠近煌的身旁，太过震撼与感动，利久也说不出一句话来。

此刻，千言万语都化作无言。

煌的眼睛里闪烁着晶莹的蓝色泪光。

爸爸为了表达自己的爱，居然化身成龙。

从旅程一开始煌就不断向“源”提出的那个问题。这时，他终于找到了答案。

为什么“源”要开始“分离的游戏”呢?

“一体”在分崩离析后，分别住进不同的身体里。

这不是为了互相竞争，也不是为了寻找差距，相互比较。

而是为了传递爱，表达爱。

身体就是为了表达爱而存在的。手指，是为了亲抚爱人的长发；嘴唇，是为了亲吻深爱之人；手臂，是为了拥抱；语言，是为了诉说爱意；分离，是为了互助和欢聚。

每个个体的人是无论如何也不能明白这所有的道理。

因此，每个人才被赋予了一项专属于自己的天生的才能。人人都通过发挥自己的才能，相互补充，相互取悦，相互温暖，相互治愈，相互给予对方无穷的勇气。

语言、音乐、舞蹈，等等一切，这世间所有的一切，都是爱的表现。

爸爸……是你，是你教会了我这一切……

煌快速跑出神殿，深情地凝视着巨龙飞去的方向。

利久也追了出来。

“煌，你的父亲，在湖里？”

“不。”煌摇了摇头。

爸爸已经不在了。巨龙的生命已经消逝。那是爸爸的约定，等我们成为真正的勇敢者，他就会永远地离开……

不过，我已经深切地感受到了，爸爸那拼了命也要守护我的决心，爸爸那誓死坚守心爱之人的勇气。

煌静静地凝望着远方绯红的晚霞。

霞云变幻成了龙的形状。

我要回去。然后告诉所有人，他们都是勇敢者！告诉所有人，哪怕他孑然一身，只要找回内心的力量，就能找到美好的天堂。

煌和利久回到叶山时，盛夏的这天正值傍晚，阑珊之夜即将降临。

煌气喘吁吁地往家跑，只见妈妈花梨早已在家门口等了自己许久。

“妈妈！”煌飞奔进花梨的怀中。

“你去哪儿了呀？说是今天学校放假了，一天没见着你，我可担心坏了。”

“我去冒险了！我，已经成为勇敢者了。”

“妈妈知道。在我眼里，你一直都是勇敢的孩子！”

说着，花梨口中又发出了哀叹声，“哎呀，看这头发……再不染的话……”她温柔地抚摸着煌蓝色的头发。

煌亲抚着妈妈的手指，将妈妈的双手紧紧地握在自己手中，坚定地看着妈妈说道，“妈妈，我不会再染头发了。黑色的隐形眼镜也不需要了，我可以就做我自己。”

妈妈会心地点了点头。

看到妈妈如此淡然地接受自己的改变，煌震惊极了。但这时他突然想起来。

原来是这回事啊。妈妈是自己的一面镜子，自己如果决定的事情，妈妈旋即认可，这本就理所当然的。

“妈妈，我，终于明白了。不管自己是什么样子，都要全身心地爱自己。自己厌恶自己而产生的自卑感，才真正会在自己和他人之间竖起一道高墙。”

煌和花梨手牵着手正准备进屋时，突然留意到旁边小鸢的小窝正孤零零地等着自己的主人归来。

“妈妈，小鸢它……”

妈妈回答道，“煌，你听我说，小鸢今天已经去天堂了。妈妈一回到家，就看到小鸢已经停止了呼吸……”

“啊，是这样……”煌回答。

“原来你已经知道了。妈妈一直在想应该怎么告诉你……”

“嗯，我知道。小鸢已经永远地离开我们了。它走的时候是开心的。”

花梨点了点头。“这几年，小鸢给我们带来了幸福，让我们的清苦的日子也充满了欢乐。”说着，妈妈又满脸疑惑，“为什么，煌，你好像一下子长大了似的。”

煌微微笑道，“冒险之旅让男孩成长为真正的男子汉了。”

“看你那得意的样子！”花梨宠溺地拨弄着煌蓬乱的头发。

蓝色的头发立了起来，似波浪一般。

妈妈不禁感叹，“我真喜欢你这头发，煌。”

“嗯，我也喜欢。妈妈。”

煌抬起头望着天空。只见一颗流星划过，就像是某人送来的讯息。

第二天早上，到了学校，像往常一样，煌的室内鞋被人恶作剧藏起来了。

于是，煌赤脚走进了教室。

蓝色的头发、蓝色的眼睛，全班同学不禁齐刷刷地投来惊诧的目光。

煌却毫不在意，堂堂正正地站到这些恶作剧少年面前，毫不怯懦地直视着他们，“请你们适可而止吧。是我搞砸了球类大赛，我向你们道歉。如果，你们还有什么不满，请直接告诉我。”

班里的少年们瞬间呆住了，大家面面相觑，接着惊恐不安地逃散开去。

“煌，早上好！”利久走了进来。

两人举起手臂，手紧紧地握在了一起。

煌和利久以最快的速度冲刺跑向刨冰店。

煌的口袋里有两个500日元的硬币。不知为何，外祖父母的态度突然变了，花梨的父亲，也就是煌的祖父说自己得了一笔临时收入，特意给花梨送了钱来。

背上的书包里，铅笔盒哐当哐当地响着。这书包再也不会飞到半空了。

即便如此，那哐当哐当的声响，那教科书沉甸甸的重量，都让煌感到无比的幸福和满足。

跑到刨冰店，只听见店门前长长的队伍中，一个少女兴奋地朝两人挥手示意，“你们迟……到……啦。”

“艾丽卡！”

艾丽卡朝两人会心地笑着，从未见过的明媚的笑脸。那正是煌的素描本里画的艾丽卡的模样。

接着，三人如同画中所绘，大口大口地吃着刨冰。

唯独缺少了小鸢。

可是，小鸢给予的力量，永远在三人的心里。三个人都感受到了，却都默契地不愿说出来，只是一个劲儿地开心地吃着、笑着。

大海在呼唤着他们。于是三人朝海边跑去。

煌的一头蓝发引来人们超高的回头率。

有的人用惊异的眼神看着，也有的人小声地指指点点。

即便如此，煌也不再打算藏起本来的自己了。

他的心中不再有被人讨厌的恐惧感，而是充满了爱己爱人的喜悦。

利久和艾丽卡为眼前自信满满的煌感到骄傲无比。

他们甚至想对全世界宣示：瞧！这是我们的朋友！

当肯定、认可和接纳本来的自己时，当觉得自己无论是什么样子都OK时，当自己成为自己最亲密的伙伴时，就会涌起向前再迈出一步的勇气。

因为赐予自己勇气的只有自己。

因为迈出那一步的只有自己。

在你坚实走过每一步的脚印上，都会花开绚烂。

那是生命之花。

世上无处可寻的独一无二的花。

那是只会发生在地球这颗物理次元的星球上的。

你的物语。

老师的教诲

第一块灵石：“赤”——恐

“煌，你将意识集中到丹田，用腹部去呼吸。这正是用自己的意识去关注自己内心深处的最简单的方法之一。人类就是靠潜意识相互联结起来的。只要将自己的意识集中于内心深处，就能了解到因潜意识而联结起来的对方的想法和意图了。”

将意识集中到丹田，创造光球，在光球中深呼吸。

将意识集中到自己身体内部，就能从这般那般的现实的牵绊中解放出来，让人放松和平静下来。煌正是践行了这则教诲，从而克服了内心的“恐惧”。

第二块灵石：“橙”——寂

“内心深处的声音是人的身体所发出的暗号和信号，就像是内心的耳语一般，也可以说是一种直觉。煌的人生到目前为止都是看着别人的脸色过活的，人们怎么做，他就照着别人做一样的事情，从来没有想过自己真正想要做什么。如果继续这样下去，就会丧失倾听自己内心声音的能力。”

启动自己的怦然心动罗盘吧。

每个人的身体里都有“怦然心动罗盘”。遇到“喜欢”的事物，

“真实”的事情，身体就会感到兴奋和轻盈。在选择事物和做出抉择时，试着启动能让你听见内心声音的“怦然心动罗盘”吧。煌就是通过做出了让自己怦然心动、感到兴奋的选择，从而治愈了内心的“寂寞感”。

第三块灵石：“黄”——怒

“要破除掉那些消极的念头，最好的方法就是完全进入角色中，把自己当成真正的勇敢者。勇敢者会做出怎样的选择？勇敢者会讲些什么？试着进入勇敢者的角色去生活。就像演员扮演角色一样，进入你想要扮演的角色中，调整为那个角色的频率。”

书写自己的人生脚本，完全变成主人公角色。

你梦想的人生里，自己扮演了怎样的角色呢？利久通过成为“勇敢者”这个角色，将“愤怒”这种情感转化成了冒险的原动力。

第四块灵石：“绿”——嫉

“原本以为是现实触发了内心的情感，可事实上正好相反，是情感映射出了现实。通常情况下，需要经过一段时间，情感才会转化成为现实。正因为存在这样的时差，人们才难以理解是先有了情感和思考这回事。接下来，我要交给你们释放感情和情绪的方法。”

为情感绘上色彩并使之形象化，从而释放情感。

任何情感都是一种中立的频率、能量。试着通过色彩和形象为其增添硬度和重量，并使之形象化吧。通过此方法，煌轻松地释放掉了心中“嫉妒”的情感。